COLLECTION FOLIO

René Frégni

L'été

Denoël

Né le 8 juillet 1947 à Marseille, René Frégni a déserté l'armée après de brèves études et vécu pendant cinq ans à l'étranger sous une fausse identité. De retour en France, il a travaillé durant sept ans comme infirmier dans un hôpital psychiatrique avant de faire du café-théâtre et d'exercer divers métiers pour survivre et écrire.

Depuis plusieurs années, il anime des ateliers d'écriture dans la prison d'Aix-en-Provence et celle des Baumettes.

Il a reçu en 1989 le prix Populiste pour son roman *Les chemins noirs* (Folio n° 2361), le prix spécial du jury du Levant et le prix Cino del Duca en 1992 pour *Les nuits d'Alice* (Folio n° 2624), le prix Paul Léautaud pour *Elle danse dans le noir* (Folio n° 3576) en 1998, et le prix Antigone pour *On ne s'endort jamais seul* (Folio n° 3652) en 2001.

1

Laver les verres et les tasses, debout derrière le comptoir, en regardant les femmes traverser la place, voilà mon plaisir. Les voir surgir des ruelles et s'avancer en toute saison, élégantes, sûres d'elles et parfumées pendant que l'eau chaude ruisselle sur mes mains. C'est comme si je glissais mes doigts sous leurs pulls de coton, mes doigts tendus vers leurs beaux seins pointus.

Sans qu'elles le sachent j'ai caressé tous les seins de la ville en faisant la plonge. Chaque fois que je prends une tasse je caresse un sein.

Je connais les horaires de chacune d'elles. La pharmacienne s'avance la première, apparaissent presque aussitôt les employées de mairie, celle de l'état civil et celle des cartes grises, puis la libraire et la retoucheuse du *Jardin des robes.* Les coiffeuses arrivent avant moi, je le regrette, elles sont plus troublantes les unes que les autres avec leurs cheveux rouges, blond doré ou noir corbeau. Je me fais couper les miens une fois par semaine. Pendant le shampooing je ferme les yeux.

Notre place est un petit théâtre à l'italienne, conçue pour les rencontres et l'amour comme d'autres sont faites pour vendre des légumes ou faire pisser les chiens.

Je ne finis jamais la vaisselle le soir, la ville m'appartient dès que le soleil touche le premier clocher.

Début mai, cela fera un an que nous avons ouvert *Le Petit Farci* avec Tony. Il aurait aimé quelque chose de plus classe comme enseigne, *Côté place* par exemple, ou *La Belle Époque*. Un restaurant distingué avec des nappes blanches, de la musique discrète et un petit bouquet de fleurs fraîches sur chaque table.

C'est le meilleur cuisinier de la ville, moi je n'étais pas du métier. Je les ai tous faits. J'ai trouvé le nom, il les réussit comme personne les petits farcis, les aubergines à la parmesane aussi.

Chaque matin je fais l'ouverture. Je n'allume que le comptoir. Je me fais un café dans un verre et je mets les Gipsy Kings. Toutes les chaises sont encore perchées sur les tables. J'aime rester seul un moment dans cette salle vide et propre qui sent le café, en écoutant *Gitano Soy*, *Madre Mia* ou *Tu Quieres Volver*.

C'est l'heure où les pies désertent les platanes qui protègent leurs nuits et foncent en smoking vers les collines. Ma première gorgée de café je la bois avec les Gitans aux Saintes-Maries-de-la-Mer.

Ce jour-là Tony est arrivé peu après neuf heures. J'étais en train de disposer les chaises. J'ai fait couler deux nouveaux cafés et il m'a dit :

« À midi je vais les régaler, pigeons au jus, comme plus personne ne les fait, sauf quelques grandes tables. »

Nous avons bavardé un moment sur la saison qui allait commencer et les soixante fauteuils de la terrasse qu'il faudrait remonter de la cave d'ici la fin de la semaine. Puis je l'ai suivi en cuisine.

J'ai passé ma vie à manger des sandwichs, des croque-monsieur et des pizzas. J'aime le regarder travailler, les casseroles viennent vers lui et les légumes dansent.

Il a mis les pigeons à cuire tout en découpant en petits cubes réguliers du céleri, des oignons et des carottes. Il a ajouté quelques belles gousses d'ail.

« Je nous en réserve un, m'a-t-il dit, mais d'ici là je vais te faire baver comme un boxer. Il faudra que tu attendes la fin du service. Pigeon, je l'ai été moi-même quand j'avais vingt ans, pas étonnant que je les réussisse. Je jouais contre toute la table sans le savoir et je perdais tout mon salaire. C'étaient des parties maquillées et je ne m'en doutais même pas. »

Le plus grand ennemi de Tony c'est le jeu, tous les jeux : cartes, boules, courses, casinos. Tous les endroits où on perd son âme et sa chemise. Des affaires, il en a eu des tas dans sa vie, certaines fabuleuses, il les a toutes bouffées. C'est un authentique flambeur.

Lorsque nous nous sommes associés il m'a dit : « Je n'ai pas besoin de toi, je n'ai besoin de personne, mon métier je le connais sur le bout du doigt. J'ai besoin d'être tenu. Si le démon me reprend, ramène-moi à la cuisine à coups de pied dans le cul. C'est une maladie, Paul... Toutes mes affaires et ma femme. Je n'ai plus que Mozart. »

Mozart c'est son chien, un bâtard de griffon qui le suit comme sa propre mère. Je n'ai jamais vu Mozart sans Tony.

« C'est fini, ces grosses parties de poker, a-t-il poursuivi en déglaçant les pigeons avec du cognac, il y a beaucoup moins d'argent et puis ça a fait tellement de morts. À part quelques commerçants qui étaient comme moi des pigeons, il n'y avait que des voyous, toutes les plus grosses équipes de Marseille. Ils venaient jouer l'argent des machines à sous et en sortant ils s'allumaient au 11. Au poker il ne suffit pas de savoir jouer, il faut surtout avoir du répondant. Et tu vois ces parties balourdes, c'est peut-être mon meilleur souvenir. »

Il parle de ces tables de jeu avec la même passion qui le brûle dès qu'il tient cinq cartes dans la main. Il ne me le dit pas, mais je sais qu'il y file en douce une ou deux fois par semaine avant le service du soir.

Il a commencé à préparer son jus avec les carcasses de pigeons, au chinois, comme on le lui avait appris à l'école. C'est cela que plus personne ne fait. Avec ses doigts de flambeur il allait renverser toute une salle. Je bavais autant que le griffon. Il a monté le tout avec du beurre. Le fumet de la viande allait chercher les clients jusqu'au bout de la place. La bijoutière est sortie, elle souriait vers nous.

Je suis retourné dans la salle. J'ai mis en marche la machine à laver les verres, j'ai changé les sacs-poubelle et j'ai dressé les tables en servant quelques apéritifs.

À midi Maya est arrivée, c'est notre plongeuse. Elle a filé à la cuisine sans me dire bonjour, sans un regard. Comme chaque jour elle a grogné entre ses dents « Je ne voulais pas travailler ici, je voulais m'inscrire aux Beaux-Arts. »

Qu'elle s'y inscrive aux Beaux-Arts ! Elle est aussi agréable qu'un radiateur fermé. J'ai essayé de lui confier la terrasse l'été dernier, elle ne servait que les clients qui lui étaient sympathiques, les autres pouvaient attendre tout l'après-midi, elle ne leur adressait pas la parole. Il faudrait la renvoyer quand elle fait des choses pareilles. Avec Tony nous manquons de caractère, ailleurs elle ne finirait pas la journée.

Vers trois heures nous avons terminé le service et nous n'avons fait qu'une bouchée de ce pigeon au jus. Depuis le matin ma bouche était pleine de salive. Je suçais les os en ramenant les assiettes sales à la cuisine et trempais vite un morceau de pain dans les restes de sauce.

Maya a avalé un plat de pâtes, seule à l'autre bout de la salle pour qu'on n'entende pas les insultes qu'elle nous adresse entre chaque bouchée. Elle est partie sans dire au revoir, sans finir la vaisselle. Ça ne me fait plus rire.

Cécile est tout le contraire de Maya. Elle voulait chanter à l'opéra, elle n'y parvient pas, pas encore. Elle n'a pas trente ans.

Presque chaque soir, juste avant la fermeture, elle entre dans le restaurant et son rire claque. Tous les clients tournent la tête. C'est elle, ronde, hilare, merveilleuse.

Ce soir-là elle portait une belle robe en satin lie-de-vin. Elle a embrassé tout le monde en lançant par-dessus les tables son rire de cristal et, une flûte de champagne à la main, elle s'est mise à chanter.

Elle chante tout. Les amours violentes, les meurtres, la folie, toutes les folies de l'amour. Avec Tony nous n'avons jamais mis les pieds à l'opéra. Tout ce que nous en savons c'est Cécile qui nous l'offre, soir après soir. Nous avons découvert Verdi et des choses plus intimes de Poulenc ou Satie, des mélodies plus douces. Pour aimer chanter il faut aimer les voyages, partir, revenir. Il faut aimer rire, pleurer, raconter des histoires avec tout son corps. Aimer raconter des histoires dans une grande pièce. Sans la grande pièce il y a des choses qui ne sont pas racontables. Cécile aime tellement laisser parler son corps qu'elle chanterait des recettes de cuisine.

Ce jour-là elle nous a chanté des valses tentatrices et coquines : « Fais de moi ta maîtresse, que ton cœur soit le mien, ta lèvre la mienne. »

En chantant cela elle avait la taille fine, l'œil malicieux. Elle se sentait belle. Elle disait à chaque client, à chacun de nous, tu me plais, je suis prête à me laisser séduire. Et chacun restait la fourchette en l'air, bouche entrouverte, à regarder ses beaux seins sauter sous le satin.

À une heure du matin nous avons fermé la porte du restaurant, c'est la loi. Quelques minutes plus tard la voiture de patrouille passe au ralenti, on n'a plus le droit de servir le moindre client. Nous avons éteint la plupart des lumières et nous sommes restés tous les trois à l'intérieur. Cela nous arrive souvent.

Tony a demandé à Cécile de faire Liza Minnelli dans *New York New York.* Tony est amoureux d'elle à ce moment précis de la nuit. Moi je suis amoureux de sa voix quand elle parle, quand elle chante, quand elle rit. Sa voix est du côté des chiens perdus et des oiseaux. Elle m'emplit de confiance.

Une heure plus tard nous sommes sortis sur la place. C'était une nuit de printemps, peut-être la première. L'eau dansait de nouveau dans la fontaine et une extraordinaire douceur tombait du ciel.

Je les ai embrassés et je suis monté chez moi. J'habite sous les toits, tout là-haut, au-dessus du restaurant. À travers les vitres de ma fenêtre je les ai aperçus tous les deux. Ils continuaient à bavarder sur la place, et le rire de Cécile toutes les trente secondes allait rebondir contre les façades endormies. Juste au-dessous de moi les pies dormaient, blotties comme des chats noirs dans les jeunes feuilles des platanes.

Avril est un mois cruel pour les poissons. Cette année il a été bleu et venteux. Les premiers touristes ont fait leur apparition le regard tourné vers le ciel limpide. Sous les tourbillons d'or du pollen j'ai sorti, plus nombreux chaque jour, les fauteuils en toile bleue de la terrasse.

Je les ai choisis moi-même de l'exacte couleur du ciel, petites écailles bleues arrachées par le mistral.

Un samedi soir, durant tout le service, j'ai vu luire les yeux de Tony. Chaque fois que je venais à la cuisine chercher un plat il plaisantait, chantait, m'en racontait une. Aussi, lorsque le dernier client s'est levé et qu'il m'a dit : « Nous avons fait une excellente semaine pour une saison qui n'a pas vraiment commencé. On va aller se détendre un peu au casino, sinon à quoi ça servirait de travailler comme des nègres », je n'ai pas été étonné outre mesure. Ce qu'il y a de certain avec nos fantômes c'est qu'ils reviennent.

Il a rampé sous la chaudière et en est ressorti avec la sacoche en cuir qui contient toute la recette de la semaine. Nous n'allons à la banque que le mardi matin.

Une demi-heure plus tard nous changions dix mille francs en jetons. La salle était plutôt calme pour un samedi soir. Nous nous sommes installés à la roulette française et nous avons commandé deux whisky-ananas.

Tony a commencé à jouer le 23 et le 32, ses deux numéros fétiches. D'abord il s'est contenté de les jouer pleins, puis il a misé sur leurs chevaux et a complété avec les voisins.

En une heure nous avions presque tout perdu et avalé chacun cinq ou six whisky-ananas. Nous sommes allés tenter notre chance au black-jack. Ça n'a pas mieux marché. Deux mauvais joueurs nous faisaient sauter toutes les cartes.

Le croupier de la roulette a annoncé 32. Écœurés, nous sommes sortis.

Je me suis rendu compte à quel point nous étions déjà saouls en pissant sur les beaux massifs de fleurs, dans les jardins du casino, à trois pas des grandes portes de verre.

Nous pissions côte à côte tous les deux lorsque nous avons rencontré le regard effaré du portier dans son élégant costume gris perle. Ensemble nous avons explosé. C'était tellement gros qu'il n'osait rien nous dire. Nous nous sommes un peu arrosé les chaussures tant nous en étions gondolés.

C'est alors qu'il m'a dit, grave soudain :

« On ne va pas se laisser marcher sur les pieds. On y retourne et on les asphyxie. »

Je n'étais pas assez saoul pour lui permettre n'importe quoi. « On a déjà perdu dix mille, lui ai-je rétorqué, c'est bon, on rentre, il est à nous deux le resto.

— On joue trop petit, Paul. Lâche-moi le bras, laisse-moi faire et regarde, on les asphyxie, je te dis ! »

Il était déjà à l'intérieur du casino. Il a changé cinquante mille avant même que j'aie pu lui arracher la sacoche. Il n'y avait plus que quelques pièces au fond lorsqu'il me l'a tendue. Non, décidément, je devais être trop saoul.

Il s'est calé tout au bout de la table, à la roulette, comme devant une machine à sous, et les yeux rivés sur le tapis il a commencé à l'inonder. Il faisait claquer des piles de jetons de plus en plus hautes.

Sans relever la tête il a commandé une bouteille de champagne et des coupes pour tous ceux qui jouaient près de nous. Il ne lâchait pas ses deux numéros fétiches et jouait rouge. Rouge et au maximum. Il y a trop longtemps que je tenais serrée la bride sur son cou. Le démon filait dans ses veines comme un cheval fou.

Deux heures plus tard nous avions perdu encore quarante mille francs et nous étions toujours plus saouls.

Il a commandé une nouvelle bouteille de champagne. Amusés, beaucoup de clients nous regardaient.

Alors il a dit à l'un des croupiers :

« Jouez pour moi, je suis bourré ! »

Et il a annoncé à toute allure tous les numéros qu'il désirait jouer avec bien entendu leurs chevaux et la couleur. Il parlait si vite que le croupier était débordé, ses piles de jetons s'écroulaient, il ne parvenait pas à suivre. Le directeur a fait signe à un autre de le remplacer.

Nous avons gagné, perdu, gagné, perdu. Nous avons repayé à tous le champagne. À chaque coup gagnant Tony jetait des gerbes de jetons en criant : « Personnel ! »

C'est sans doute cela qu'il appelait les asphyxier.

À quatre heures du matin nous sommes sortis avec cent vingt mille francs, les félicitations un peu forcées du directeur et je ne sais combien de grammes dans le sang.

« Prends le volant, m'a-t-il dit, je ne vois même plus la voiture. »

Ce soir-là j'ai compris comment un homme peut perdre sa maison, sa femme et sa chemise. Mozart attendait assis à la place du chauffeur. Il était bien le seul à être en état de conduire.

Avril n'est pas cruel que pour les poissons, pour mes pieds aussi. J'ai servi en terrasse des centaines de moules farcies, saumons marinés, entrecôtes sauce roquefort ou poivre vert. Ce n'était encore rien, mes pauvres pieds l'été dernier avaient fait exploser deux paires de chaussures en doublant de volume. Aucune chaussure ne résiste à deux cents couverts par jour. Je les ai toutes essayées, même les orthopédiques.

De neuf heures du matin à minuit j'ai fait tinter le tiroir-caisse, siffler la machine à café. Je fermais deux ou trois heures l'après-midi.

J'allais m'étendre dans l'herbe avec les pigeons, les amoureux et les chats, du ciel bleu plein les yeux. Le soir, hébété, je regardais sauter les seins de Cécile. À ce moment de la nuit, Tony n'avait pas l'air plus intelligent que moi.

Vers une heure du matin je remontais sous les toits. Je prenais une douche et m'écroulais sur le divan devant un film policier, un thriller. Quand on est lessivé comme je l'étais, il faut du sexe, de grands espaces et de la peur, les trois mêlés si possible. Si quelque chose de primaire n'accroche pas vos tripes, jamais vous n'arrivez à la moitié du film. Mes paupières étaient aussi lourdes que mes pieds. Mes piles de livres attendraient l'hiver en jaunissant contre les murs.

2

Si je n'avais pas dû travailler chaque jour de ma vie, j'aurais aimé écrire. Je n'ai jamais le temps ni le courage d'écrire ce que je voudrais, ou alors il faut que je sois très malade ou que je souffre énormément. Quand aucune de ces conditions ne se présente, je vis chaque minute de ma vie avec une rage peu commune. Je regarde les femmes, le soleil, les animaux, l'eau, les gens qui travaillent vraiment, et je n'ai pas le temps d'écrire ce à quoi je pense. J'ai tant d'histoires dans la tête. Je rêve dès que j'ouvre les yeux. Parfois je crois rêver, je vis.

Je l'ai aperçue un peu plus bas, alors que je regardais briller les îles. Il devait être sept heures du soir et elle écrivait assise au creux d'un rocher, un cahier d'écolier posé sur ses genoux. Elle portait une petite robe de coton noir qui laissait nues ses cuisses et la moitié de son dos.

Si j'avais soupçonné une seule seconde de quelle surprenante beauté était ce visage penché sur le cahier, jamais je n'aurais eu le courage d'effectuer les quelques bonds qui me séparaient d'elle.

« Ce sont vos Mémoires ? »

J'avais prononcé ça prudemment, afin de ne pas la faire sursauter.

« Continuez à regarder la mer, m'a-t-elle répondu sans relever la tête, et laissez-moi essayer de comprendre ma vie. »

Le ton était sec. L'accent n'était pas celui des gens d'ici. La voix cependant était belle et même raffinée.

« Vous n'êtes pas d'ici ?

— Et vous, vous vous croyez chez vous sur ces rochers qui n'appartiendront jamais qu'au soleil et au vent ! »

Les mots étaient plus coupants que les récifs où explosaient les vagues. Elle a refermé son cahier en faisant claquer les pages et son regard s'est planté sur mes pieds. Avec défi et insolence elle m'a toisé, des pieds à la tête, lentement.

Ma respiration s'est arrêtée. Toutes les émotions que j'avais connues jusqu'à ce jour à travers les cavalcades de ma vie se battaient à cet instant sur ce visage. Aurais-je pu dire que ses traits étaient fins, réguliers ?... Ils étaient déconcertants. Ils me rejetaient et m'appelaient. Me souriaient et m'insultaient.

« J'écris un roman qui s'appelle *Les Pâtes à la tomate* et je n'ai aucune imagination. Je suis italienne, j'ai grandi à La Rochelle et je mange des pâtes tous les jours. Voilà, vous savez tout de moi, bonsoir ! »

Elle avait un œil extraordinairement vif et malicieux, l'autre trahissait une tristesse infinie. Lorsque le soleil a basculé de l'autre côté des îles, je ne savais toujours pas lequel j'allais préférer. Le malicieux me faisait déjà peur. Depuis combien d'années luttaient-ils l'un contre l'autre ? Cela provoquait presque un léger strabisme. Son charme en était attisé. Cette jeune femme semblait épuisée. Épuisée comme quelqu'un qui n'a jamais pu être chez lui quelque part.

D'où j'étais, je pouvais apercevoir beaucoup plus que la naissance de ses seins. Menus, ils semblaient tout aussi arrogants que ses yeux. Aussi aigus.

« Si vous aimez les pâtes, venez chez nous au *Petit Farci*, mon ami Tony les prépare comme personne, à la carbonara, au pistou, au roquefort. Venez quand vous voulez, vous serez notre invitée. J'ai toujours rêvé d'écrire un roman. Il y a dix ans j'avais trouvé la première phrase, depuis je cherche la seconde. »

Intriguée, elle m'a demandé quelle était cette phrase.

« En revenant des Canaries le ciel était serein », ai-je récité.

Elle a éclaté de rire.

« Où se trouve ce *Petit Farci* ? »

Je le lui ai expliqué.

« Venez avec votre cahier, vous échangerez vos recettes avec Tony.

— Je cherche des recettes pour être heureuse, le reste n'a aucune importance. Les pâtes c'est ce que j'ai trouvé de mieux, on peut compter sur elles. »

Je suis arrivé au restaurant avec une heure de retard. Tony m'a dit qu'il avait sonné dix fois chez moi tout en surveillant la soupe de poissons. Je me suis empressé de dresser les tables, les premiers clients arrivaient. Je leur ai offert l'apéro pour les faire patienter. J'ai couru d'une table à l'autre sans quitter la place des yeux. Déjà j'attendais cette femme qui venait de percuter ma vie comme un météore de lumière. Je ne connaissais même pas son nom.

Pendant une semaine j'ai scruté cette place à toute heure du jour et de la nuit, en rinçant des verres, en parlant aux clients, en ouvrant les parasols le matin.

Le jour où j'ai décidé qu'elle ne viendrait plus, elle a franchi la porte du restaurant. Il était neuf heures du soir, la pluie venait juste de cesser.

La salle entière a retenu son souffle comme je l'avais fait sur les rochers huit jours plus tôt. Elle portait une autre petite robe noire, boutonnée sur le devant et brodée de pivoines ou de coquelicots. Sa silhouette était aussi fluide et souple que la naissance d'une source.

Elle s'est avancée vers moi.

« Je vous ai attendue jusqu'à ce matin, lui ai-je dit tout secoué.

— Vous auriez pu m'attendre dix ans, comme la deuxième phrase de votre roman. Mon frigo ne met qu'une semaine pour se vider.

— La vie est plus brutale que les romans. »

J'avais deux tartares salade verte sur les bras. Elle souriait de bon cœur.

« Une seconde, je sers les clients et je vous présente mon associé. »

Je l'ai guidée vers la cuisine.

« Tony, voici le seul écrivain capable d'écrire un roman sur les pâtes à la tomate en regardant la mer.

— Eh bien, moi, si je regardais la mer il y a belle lurette qu'il n'y aurait plus un seul client dans la salle, a-t-il bougonné sans lâcher la friteuse ni tourner la tête. Alors bouge-toi un peu, je vais pas faire réchauffer trois fois les escalopes. »

Nous sommes revenus dans la salle.

« Excusez-le, on est tout le temps à la bourre, nous allons être obligés d'embaucher quelqu'un. »

Il n'y avait plus une seule table de libre. Je lui ai proposé de s'installer au comptoir en attendant. Elle s'est assise sur un haut tabouret et je lui ai servi un porto. Jambes croisées, le verre de porto à la main, je ne vous dis pas l'effet qu'elle produisait sur la salle. Même ceux qui avaient demandé l'addition m'ont commandé une poire ou un autre café.

Voilà la serveuse qu'il nous faudrait, ai-je pensé. Tous ces regards sur elle me rendaient jaloux. Oui, jaloux, alors qu'elle venait à l'instant d'entrer chez nous parce qu'elle n'avait plus rien à manger. C'était bien la première fois qu'un sentiment aussi violent, aussi absurde naissait en moi. C'était la première fois que je rencontrais une romancière, enfin une femme qui écrivait sur ses genoux un roman.

Durant l'heure qui a suivi je lui ai resservi deux autres portos et j'ai cassé beaucoup d'assiettes. Ça la faisait rire et sa petite robe noire remontait sur ses cuisses d'or. Je n'avais jamais cassé d'assiettes avec autant d'enthousiasme. De la cuisine Tony hurlait :

« Ah, tu sais le bouffer, toi, le bénéfice ! »

Lentement la salle s'est vidée. Je lui ai conseillé les aubergines à la parmesane ou les lasagnes de légumes au pistou. Non, elle était venue pour les spaghettis à la carbonara. Je me suis empressé de desservir toutes les tables et je suis venu m'asseoir avec elle.

« Alors, comment les trouvez-vous ?

— Votre ami les réussit presque aussi bien que moi. S'il prenait la peine d'aller chercher son parmesan à Vintimille, il serait imbattable. Le vôtre est trop salé, on voit qu'il sort d'un sachet en plastique. Faites deux fois par mois un saut jusqu'à la frontière les jours de marché, vous ferez des économies et vos clients mangeront à genoux les yeux fermés. J'en mets sur presque tous les plats et gratins. Je me réveille la nuit pour en manger et je ne connais pas de meilleur dessert.

— Je ferme le restaurant et nous filons tous les deux à Vintimille, j'ai une envie folle de manger du parmesan, des blocs de parmesan. Je vous écoute et ma bouche est pleine de salive. »

Elle a ri. Ses yeux étaient beaux, belles ses dents, ses lèvres aussi. Elles me faisaient encore plus saliver que le parmesan. J'avais envie de me lever, de lui attraper la tête et de les mordre jusqu'au sang.

« Rien ne me ferait plus plaisir que de rouler vers l'Italie, mais dans une heure je travaille.

— Vous écrivez la nuit ? »

Elle éclatait de rire à chacune de mes phrases.

« J'aimerais bien pouvoir écrire la nuit. Je fabrique des pizzas, cher ami, dans une entreprise qui tourne vingt-quatre heures sur vingt-quatre.

— Des pizzas ?

— Eh oui, à la chaîne. Je m'occupe de la garniture. J'ai fait trois ans d'études après le bac, trois ans de philo pour mettre du coulis de tomate et des olives sur de la pâte à pizza. Si vous croyez que je vis de ma plume. Je n'ai pas eu l'enfance de Simone de Beauvoir, ni celle de Colette. Je n'ai même pas encore cherché un éditeur, j'écris, c'est la seule chose qui m'intéresse. Il faut bien se nourrir et payer son loyer. »

J'étais muet. Une jeune femme si délicate, si cultivée… des pizzas.

« Je suis arrivée ici il y a trois ans, derrière une moto, a-t-elle poursuivi, j'aurais pu débarquer ailleurs, n'importe où. Il fallait que je fuie La Rochelle, mes parents, la moto venait ici… Ici on vous accueille les bras grands ouverts. Ouverts ils le restent longtemps. Ce n'est pas souvent qu'ils se referment sur vous avec tendresse. »

De plus en plus étonné, j'écoutais cette voix et je regardais ces beaux yeux noirs, mélancoliques et profonds.

« Les lits aussi s'ouvrent facilement, seulement les lits. J'ai fini par rencontrer un homme qui ne ressemblait pas aux autres, un être sauvage qui ne fait pas de concessions. Tout le monde me souriait, lui non, il était le seul à être sincère, il ne souriait pas à mes fesses, il me regardait droit dans les yeux.

— Moi aussi je vous regarde droit dans les yeux, même si vos fesses sont sublimes.

— C'est vrai, vous regardez dans les yeux, sinon je ne serais jamais venue ici, même pour la carbonara.

— Vous vivez avec cet homme ?

— Je ne veux vivre avec personne. J'ai besoin de lui, je le vois presque chaque jour. C'est quelqu'un de très tourmenté, comme la plupart des artistes, sans doute. Il peint, et comme tous les peintres il crève de faim. Cela aussi nous a rapprochés, la faim, la rue, la solitude, je connais. Moi non plus je ne veux pas faire de concessions, je garnis des pizzas mais ma tête est libre. Je ne reçois d'ordre de personne. Mes mains travaillent, ma tête écrit, voyage... Il habite dans une cave. Quand je l'ai rencontré il était brûlant de fièvre, depuis trois jours il n'avait rien mangé. Il était sale, pas rasé. Je peux même vous dire qu'il ne sentait pas très bon. Je lui ai apporté une dizaine de pizzas. Dès qu'il a trois sous il achète des tubes de couleur, de la toile. Même en plein jour il fait nuit dans sa cave. C'est un loup.

Tony avait fini de ranger la cuisine. Il est venu nous faire un petit coucou. Quand il l'a aperçue son regard a failli chavirer.

« C'est vous l'écrivain ? Je vais me mettre à lire tout de suite. Je croyais que c'était toujours vieux ou mort, un écrivain.

— Continuez à faire la cuisine, c'est plus sûr. Tout le monde mange, combien de gens lisent encore ?

— Bon, alors j'y retourne. »

Il s'est éclipsé en minaudant, Mozart sur ses talons. Il profitait de mon tête-à-tête pour filer à l'anglaise. J'allais me taper tout le ménage, lui la partie de poker et le whisky jusqu'à trois heures du matin. Aucune femme, serait-elle la plus étourdissante, ne peut rivaliser avec le vertige du jeu dans le cœur de celui qui en est malade. Malade il l'était.

Pour l'instant elle était là, face à moi, avec des mots étranges, des mots qui entraient très loin dans mon corps. Des mots rebelles et beaux. Une révolte qui embrasait ce visage, et soudain le plus merveilleux des sourires était là, le plus adorable. Au coin de ses yeux, à l'instant où naissait ce sourire, ses paupières frémissaient imperceptiblement, signe d'une obscure blessure, d'une fatigue, presque rien. L'affleurement d'une souffrance qui battait dans la chair de cette femme et faisait toute sa grâce. Son indicible beauté.

Je me suis levé et je suis allé mettre les Gipsy Kings. Leurs guitares et leurs voix déchirées ressemblaient à ce visage. Comme une obsession ils criaient la révolte et l'amour.

Quand je suis revenu elle était debout, prête à partir, son sac suspendu à l'épaule. Je n'aurais jamais dû bouger.

« J'ai passé une soirée apaisante. J'ai même l'impression que j'ai beaucoup ri.

— C'est le porto.

— Oh non, c'est vous.

— Moi ?

— Vous êtes, comment dire… authentique.

— Je préférerais être un loup, les clowns c'est bon pour les enfants.

— Détrompez-vous, nous en avons plus besoin que les enfants, eux rient de rien, la vie nous durcit.

— J'essaierai d'être un loup rigolo ou un clown féroce et j'irai en Italie chercher du parmesan.

— Essayez surtout de trouver la deuxième phrase de votre roman.

— La deuxième phrase de mon roman c'est vous. »

Souriante, elle est sortie du restaurant. Je l'avais regardée tout le soir droit dans les yeux et j'avais tenté le mot « sublime » pour évoquer ses fesses. Elles étaient pour le moins aussi saisissantes que ses yeux.

Elle allait disparaître à l'autre bout de la place. Je ne connaissais même pas son prénom. J'ai hurlé :

« Je m'appelle Paul ! »

Elle s'est retournée.

« Moi c'est Sylvia ! »

Elle riait, seule sous les platanes et la nuit, dans sa petite robe rouge et noir. Avec quelques jours d'avance elle était l'été. Pour la première fois depuis longtemps je ne ressentais aucune fatigue. J'ai fait tout le ménage à fond en écoutant les Gipsy Kings, en regardant rire son visage. Allait-elle revenir ?

Elle est revenue le lendemain. Il était à peine neuf heures, j'étais en train de sortir la terrasse. Elle était devant moi, soudain, dans la lumière d'or que seul le matin peut produire.

« Je n'avais pas envie d'aller me coucher tout de suite après ma nuit de travail, j'ai acheté des croissants. Si vous nous faites deux cafés, on les mange tout chauds. »

Chaud mon cœur l'était et si léger, si heureux, si bondissant. La moitié des fauteuils étaient dehors. Nous avons été les deux premiers clients.

Je n'ai rien trouvé à dire. Le café n'avait jamais été si bon, ni les premiers rayons sur la place mouillée. Juin commençait par un miracle. Nous nous regardions et nous riions, croissant et café dans les mains. Je n'avais pas encore sorti les tables. Si rares sont ces instants, si délicats. Si délicate la perfection. Belles les rues, propre la vie, gentils les chiens. Crier, gambader, grimper, oui. Trouver un seul mot, je ne pouvais pas. Je n'en cherchais pas. Je suis allé nous refaire deux cafés. Elle n'a pas dormi, ai-je pensé, elle est plus belle qu'hier soir. Avais-je dormi, moi, son visage sous mes paupières ?

Durant tout le mois de juin elle est revenue. Tous les deux ou trois jours elle surgissait à toute heure du jour et du soir. Un après-midi elle est montée chez moi, sous les toits. Je venais de fermer le restaurant. J'ai peu de meubles, mes murs sont recouverts de piles de romans, la plupart policiers, que j'achète chez les bouquinistes. Elle était étonnée. Avant même de regarder le chaos des tuiles et les arbres que dominent mes baies vitrées, elle a dit :

« C'est drôle, tous ces livres chez un restaurateur. Vous en avez trois fois plus que moi.

— J'ai au moins dix ans de plus.

— Où trouvez-vous le temps de lire, vous travaillez comme un forçat ?

— Je lis comme un nègre, je lis la nuit. Je n'ai pas toujours été restaurateur, lecteur oui. J'ai travaillé comme vous dans des usines, des chantiers, je me cachais dans les cabinets pour lire. Mes chefs croyaient que j'étais sans cesse malade, j'étais avec Rimbaud, Hemingway, Céline. Dix minutes de voyage assis sur les cabinets. Aux chantiers navals de La Ciotat j'ai lu *Des souris et des hommes* dans les entrailles d'un navire que les chalumeaux chauffaient comme une plaque de four, sous un fracas étourdissant. C'est le meilleur endroit pour lire Steinbeck, tout dégouline, même le bouquin est trempé de sueur. »

Elle prenait un livre, y jetait un coup d'œil, en choisissait un autre. Elle avait tout lu, connaissait la vie des écrivains. Chaque roman lui inspirait une réflexion incisive, personnelle. J'avais l'impression qu'elle venait à l'instant d'en terminer la lecture. J'étais frappé par l'originalité et la force de son raisonnement. L'intelligence de cette jeune femme m'étonnait autant que sa beauté. Moi aussi j'avais tout lu et presque tout oublié. Sa pensée était aussi pointue que les petits seins où s'accrochait sa robe. Un écrivain avait dit : « Elle était plus belle qu'un rêve que je n'avais jamais fait. »

Voilà les mots que j'aurais pu dire lorsqu'elle m'était apparue sur les rochers quelques jours plus tôt. L'écrivain aujourd'hui c'était elle.

« Si nous allions nous baigner, lui ai-je proposé, je n'ouvre le resto qu'à sept heures du soir, on étouffe ici sous les toits.

— Je n'ai pas mon maillot.

— Où nous nous sommes rencontrés c'est souvent désert. Vous avez bien une culotte ? »

C'était désert et elle avait une culotte. Tous les cent mètres un couple nu noircissait sur la roche aveuglante de blancheur. Des centaines de gabians tournaient en riant au-dessus des îles raclées par le vent, d'autres se laissaient bercer par la houle à deux pas de la côte.

Sa robe est tombée à ses pieds et elle est entrée dans la mer. Son dos était mince et bronzé comme celui d'un enfant. J'ai plongé derrière elle.

Du fond de l'eau j'ai regardé son corps glisser sous la lumière. Ses mouvements aussi étaient ceux d'un enfant. Sa petite poitrine ajoutait quelque chose de merveilleux à tant de grâce.

Vigoureusement j'ai nagé vers le large pour me retenir de l'écraser contre moi et pour lui prouver que j'avais de beaux muscles.

Quand je suis revenu elle était étendue sur le ventre, entièrement nue. Ses bras étaient repliés sous sa tête. Ses yeux étaient fermés. Je me suis couché près d'elle et j'ai fermé les miens. Il n'y avait plus que le rire des oiseaux, le froissement des vagues contre la roche et la caresse sublime du soleil sur ma peau mouillée.

Au bout d'un moment elle m'a dit :

« Altona s'est fait virer de sa cave.

— Quoi ? ai-je demandé, la tête bourdonnante de lumière et de chaleur.

— Mon ami, le peintre dont je vous ai parlé, ils l'ont mis dehors. Depuis plusieurs mois il n'a pas payé son loyer.

— Un loyer pour une cave ?

— Comme vous dites, la férocité des gens est sans limites. Cinq cents francs par mois. Ce n'est pas la mer à boire, pour lui qui ne vend presque rien c'est énorme. Quand il est rentré hier soir, tout son matériel était dans la cour, avec son lit et ses casseroles. Vous vous rendez compte s'il avait plu, toutes ses toiles dehors, des années de travail.

— Où va-t-il aller ?

— Chez moi. »

Mon cœur s'est soulevé.

« Chez vous ?

— Où voulez-vous qu'il aille ? Il n'a que des dettes. La vie est si difficile pour lui, dès qu'il a trois sous il les boit. À sa place je ferais pareil. Pas vous ?

— Vous allez vivre ensemble ?

— Il va vivre chez moi le temps qu'il faudra. J'ai confiance en lui, c'est un artiste, un créateur. On finira bien par s'en apercevoir. Vous connaissez des types qui ont un vrai talent, peut-être du génie et qui ne sont pas un peu fous ? Il pourrait gagner une petite fortune en décorant des salons, des châteaux, c'était son métier. Il peint des nuages, il peint le vent. »

Ma bouche n'était pas sèche que de chaleur.

« Vous viendrez me voir moins souvent.

— Quelle idée... Vous êtes mon ami, Paul. Avec vous je suis libre, apaisée, je ris. Avec lui c'est différent, c'est beaucoup plus douloureux.

— Pourquoi les femmes préfèrent-elles les loups ? »

Elle s'est un peu soulevée pour trouver mon regard et j'ai vu l'empreinte mouillée de son buste rétrécir rapidement sur la roche brûlante.

Ces petits seins il pouvait les toucher, les mettre dans sa bouche, les mordre. Cet homme que je ne connaissais pas et dont j'étais jaloux comme je ne l'avais jamais été pouvait entrer dans le corps de cette femme, lui donner du plaisir, la faire crier peut-être.

Mon malaise était si évident. Elle m'a dit :

« Paul, vous n'allez pas me dire que vous êtes jaloux ? Nous nous sommes connus ici vous et moi. J'ai tout de suite senti que la vie m'offrait un cadeau, vous êtes tombé du ciel. Rien n'est meilleur qu'un ami, Paul. L'amour c'est douloureux, l'amitié c'est bon. Oui, bon à toute heure du jour et de la nuit. Si l'on pouvait choisir, croyez-moi, sans hésiter je choisirais l'amitié. Quand je vous ai rencontré nous vivions des moments très cruels, Altona et moi. Je vous l'ai dit, il boit, il peut être violent. Il en veut à la terre entière, c'est un écorché vif. Vous m'avez invitée, vous m'avez fait rire, oui, Paul, c'était bon. Divinement bon. »

Sylvia était d'une perspicacité déroutante, elle avait senti mon trouble, la première morsure de la jalousie. Je ne voulais pas la décevoir.

« Maintenant vous pourrez laver vos strings en famille, ai-je plaisanté.

— Vous voyez bien que je n'en porte pas.

— Je suis votre ami, Sylvia, je n'ai pas osé regarder.

— L'un n'empêche pas l'autre, bien au contraire. »

Cinq jours se sont écoulés sans qu'elle reparaisse. Cinq jours durant lesquels j'ai servi des centaines de clients, répondu aux mille questions des touristes sur nos calanques, nos églises, nos vierges blanches et noires. J'ai fait des additions, des vaisselles, rendu des kilos de monnaie sans cesser une minute de guetter les ruelles qui débouchent sur la place.

Elle est entrée dans le restaurant un peu avant minuit. J'étais assis avec Tony près du comptoir et nous faisions les comptes. Je ne parvenais pas à me concentrer sur toutes ces factures et plusieurs fois nous avions recommencé à taper les mêmes chiffres sur notre calculette.

Je ne saurais dire comment elle était vêtue ce soir-là tant son irruption a été brève. Elle s'est avancée vers nous, a lancé sur la table une enveloppe blanche où était écrit mon prénom. Elle est ressortie sans un mot, sans un sourire. Son dos devait être nu, presque martiale était son allure.

« Je ne sais pas ce que tu lui as fait, a ricané Tony, elle n'a pas l'air commode. »

J'ai tripoté quelques instants l'enveloppe et je lui ai dit :

« Je monte chez moi, j'ai besoin d'être un peu seul, nous finirons les comptes demain. »

Je ne voulais pas lire devant lui.

« Est-ce que je dois ajouter tous les verres et assiettes que tu casses depuis un mois ? m'a-t-il lancé alors que je franchissais la porte.

— N'en oublie pas un seul ! Profites-en pour calculer tout le pognon que tu perds aux cartes depuis le début du mois ! »

Une fois là-haut, avant même d'enlever mes chaussures, j'ai ouvert l'enveloppe, déplié la lettre et j'ai lu. L'écriture était souple et dense, à l'encre noire, elle lui ressemblait. Mon cœur frappait fort.

Paul,

Cette lettre t'étonnera sans doute. Elle m'étonne moi-même. Tant mieux, c'est son but. J'aime brusquer. Peut-être es-tu chez toi. Si ce n'est pas le cas interromps ton travail et monte sur ta terrasse, celle qui donne sur la place. Ce sera un lieu de lecture idéal.

Je serai concise, c'est pourtant un style que je déteste, la concision tue toute chose. L'essentiel réside toujours dans les détails.

La prochaine fois que je viendrai chez toi, laisse ton corps parler, libre. Je ne suis pas de ces femmes, renversées sur un divan, qu'on ouvre en dix minutes chrono. Mais une femme peut être toutes les femmes et dix minutes fusionnelles valent mieux que des nuits qui s'étirent, ternes et arides. Je n'ai pas changé. Aucune envie ne m'habite. Pour cela il te faudrait m'apprivoiser comme un renard, mais tu n'es pas un prince. Disons plutôt qu'il s'agit d'une forme de curiosité étrange, même pas perverse. N'aie aucune inquiétude, je reste ton amie. L'attirance physique qui te mord sera conduite à son terme. Tu t'apercevras que, comme toutes, j'ai deux jambes, un ventre et des seins érectiles.

Le regard d'un homme aux aguets est limpide. Une chose est sûre, je n'appartiendrai jamais à personne. On m'a longtemps dit que j'étais incapable d'aimer. Leitmotiv de mon enfance. Je crois seulement que je ne veux pas être faite pour quelqu'un. Au moins suis-je libre. En perdition souvent, mais vivante.

N'attends pas plus de moi, tu n'auras rien. Ne t'attache pas, tu ne me connais pas. La face cachée te ferait hurler.

Peut-être que finalement nous ne nous reverrons pas.

Peu importe. Les pensées voyageuses sont tellement précieuses.

Sylvia

J'étais suffoqué. Abasourdi. Cette femme qui depuis un mois me hantait m'offrait son corps. Comme ça, brutalement, sans raison. Ce corps que je n'osais pas regarder sur les roches blanches, ce corps qui me coupait le souffle dès que je l'apercevais, elle me l'abandonnait.

« La prochaine fois que je viendrai chez toi, laisse ton corps parler, libre. » Cette phrase battait dans ma tête. Que s'était-il passé dans sa vie depuis ces quelques jours ? Elle ne m'avait parlé que d'amitié, de complicité, de confiance, et voilà que brusquement elle se livrait nue. Nue mais insoumise, insolente. Pour la première fois elle me tutoyait. Sur un ton sans appel elle m'ordonnait de lui faire l'amour.

Que cela était étrange, incompréhensible. Et pourquoi moi, alors qu'elle pouvait mettre à ses pieds la terre entière ? Faisait-elle cela par amitié parce qu'elle avait senti la puissance effrayante de mon désir, je devrais dire de mon amour ? Pour me calmer, m'apaiser ?

Pas une parole de tendresse ou d'amour. Un ventre, deux jambes, des seins érectiles... Plus que cela, c'est son visage qui me bouleversait, cette légère fatigue, cette mélancolie et cette violence soudaine, cette révolte cabrée.

J'ai relu cette lettre tout au long de la nuit, cinq fois, dix fois, vingt fois. Plus je répétais ces phrases, tournant et retournant chaque mot pour en pénétrer le mystère, plus celui-ci s'épaississait. Que s'était-il passé avec Altona ? C'est lui qu'elle aimait, admirait. Lui qui la faisait souffrir. Je n'étais qu'un vendeur de limonade qui a lu de beaux livres. Il était un loup. Qu'attendait-elle de moi après avoir connu la morsure du loup ?

3

Les jours suivants j'ai travaillé, marché, parlé comme un somnambule. J'ai reçu des fournisseurs, signé toutes les factures que l'on me présentait, j'ai écrit sur l'ardoise, chaque matin, le plat du jour. Le soir je n'entendais plus la voix de Cécile, son rire de cristal. Ses seins, je ne les voyais plus sauter. Je regardais la place jusqu'à ce que les platanes, les gens et la fontaine se mettent à trembler.

J'étais perdu et heureux comme un homme qui attend une pluie d'or. Elle allait venir et je posséderais son corps, j'embrasserais ses yeux, je toucherais sa langue avec la mienne. Je mettrais chacun de ses seins dans l'une de mes mains et leur pointe me brûlerait.

Plus que tout j'attendais ce moment. Plus que tout je le redoutais. Et si elle ne venait pas ?

Elle est revenue. Il était environ six heures du soir lorsque quelqu'un a sonné. J'ai pensé que

Tony montait en courant me faire signer quelque facture ou discuter du stock. C'était un lundi, jour de fermeture. Le 7 juillet exactement. Comment l'oublierais-je ? J'ai ouvert la porte, c'était elle.

Je ne suis pas parvenu à articuler un simple bonsoir. Elle s'est installée sur le divan bleu du salon qui domine tous les toits de la ville jusqu'à la mer, et je me suis empressé de nous servir à boire. Elle un porto, moi un 51.

Le soleil à peine déclinant blondissait les façades et les trois clochers. Les martinets lâchaient leurs cris stridents en rasant les génoises et montaient rayer de noir le ciel d'été.

Elle portait un débardeur blanc. Elle avançait sa main pour saisir son verre et j'ai entrevu l'un de ses seins par l'échancrure sous son bras.

Elle a parlé un moment avec beaucoup d'aisance, les jambes croisées. Je n'arrivais pas à trouver la moindre chose à dire. Je lui ai resservi deux autres portos, moi deux 51 avec très peu d'eau. J'en avais besoin. Mes jambes avaient du mal à soutenir mon trouble, pour ne pas dire ma panique. Brusquement elle m'a dit :

« Tu as lu ma lettre ? »

Je lui ai fait signe que oui.

« Tu n'as rien à en dire ?

— Je voudrais voir tes seins. »

Elle a posé son verre à ses pieds, a attrapé le bas de son débardeur à deux mains et l'a soulevé aussi haut que possible. Je ne savais pas si ses yeux brillaient de désir ou d'insolence.

Ses seins se sont dressés vers moi, aussi bronzés et soyeux que son ventre. Je me suis rué dessus.

Le pastis commençait à faire son effet. Nous avons roulé par terre. Je lui ai fait l'amour très vite, très mal. Mon monstrueux désir s'était effondré. Je n'avais qu'une ambition, ne pas la décevoir. Et je me rendais compte que chacun de mes gestes, de plus en plus maladroit, la décevait. J'étais pitoyable. Pourquoi m'avait-elle choisi ? À quoi s'attendait-elle ?

Entièrement nus, nous sommes restés étendus sur le carrelage frais du salon. Le bleu de la nuit faisait luire tout son corps, sauf son minuscule triangle d'astrakan.

À trois heures du matin elle m'a dit :

« Il faut que je rentre il m'attend. »

Je l'ai regardée s'habiller sous la seule lumière des étoiles. J'aurais aimé hurler :

« Ne pars pas, reste avec moi, je n'ai jamais ressenti une chose pareille ! »

Elle venait de satisfaire un petit caprice. Déçue, elle repartait.

Ses pas ont dégringolé les quatre étages. Je me suis jeté sur le lit. Il me restait assez de force pour lui faire l'amour comme un fauve. Je n'étais pas amoureux, j'étais malade. Passionnément malade. Et j'étais certain qu'elle ne reviendrait pas.

Le jour est entré dans la chambre sur mes yeux grands ouverts. Son parfum flottait dans tout l'appartement et sur ma peau. Seulement son parfum. J'ai compris que je venais de perdre le sommeil. Elle l'avait emporté.

J'étais sous la douche lorsque le téléphone a retenti. J'ai failli me casser les reins en glissant sur le carrelage. Elle ne m'a même pas demandé si j'avais un peu dormi, d'un trait elle m'a dit :

« Paul, ne sors pas, il veut te tuer ! Il sait tout, il est comme fou, il vient juste de quitter la maison !

— Qui, le peintre ? Altona ?

— Il m'a dit qu'il allait chez toi. Je crois qu'il est capable de tout.

— Qu'est-ce que tu me racontes, Sylvia ? Il ne me connaît pas.

— Quand je suis rentrée cette nuit il m'attendait, il a vu mon visage, en une seconde il a tout compris.

— Enfin, Sylvia, tu es assez fine pour inventer n'importe quoi, les autres nuits tu travailles, il ne peut pas te surveiller.

— Il m'a mis un couteau sous la gorge et je lui ai tout raconté. Je n'ai jamais eu si peur. Je savais qu'il était un peu fou, si tu avais vu son regard cette nuit... »

Je n'en croyais pas mes oreilles.

« Justement, un couteau sous la gorge on ne raconte pas des choses pareilles. Tu te rends compte, c'est toi qu'il aurait pu égorger.

— Il m'a projetée contre le mur et il a lacéré toutes mes robes. Je n'ai plus rien à me mettre, mes robes et tout le reste.

— La prochaine fois tu viendras nue, au moins il ne se doutera de rien. »

Je tentais d'être à la hauteur des événements. Décidément, dans l'art de brusquer elle était virtuose. Elle m'arrachait d'une douche brûlante pour m'en imposer une glacée.

« Tu ris ?... Il est sorti en pleine nuit, j'ai cru qu'il allait se suicider. Une heure plus tard il était de retour, ivre mort. Je ne sais pas où il a bien pu dénicher de l'alcool, tout était fermé en ville. Il était encore plus dément. Il a attrapé mon chat et l'a jeté par la fenêtre. Tu t'imagines mon vieux chat... Et ce n'est pas tout, hier j'ai acheté une cagette de tomates pour faire mon coulis, il les a lancées une par une sur tous les murs de l'appartement et au plafond en me traitant de tous les noms. Il y en a partout, je venais juste de repeindre. »

J'ai éclaté de rire. C'était tellement énorme, tellement insensé.

« C'est bien de vivre avec un peintre, on ne s'ennuie jamais.

— Ne sors pas, Paul ! Il m'a obligée à lui donner le nom du restaurant. Il y est peut-être déjà.

— Si je n'ouvre pas vers neuf heures, qui va le faire ? Je ne vais pas passer le reste de ma vie enfermé. »

Elle a raccroché.

Je suis allé m'habiller. Ce que je ressentais était étrange. J'étais angoissé à l'idée qu'un homme m'attendait dehors pour me tuer et j'étais heureux qu'elle m'ait appelé si tôt le matin, si heureux que tout cela arrive à cause de moi. Qu'Altona, le loup, puisse être jaloux, me redonnait confiance. Jamais je n'avais aussi mal fait l'amour à une femme et pourtant j'existais, pour elle et pour lui. Un instant il m'a semblé que je pouvais valoir mieux qu'un caprice.

Tony était déjà dans la cuisine en train d'éplucher des légumes. J'ai commencé à installer la terrasse, sortir les parasols, servir les premiers cafés. J'ouvrais l'œil. Je n'ai pas eu à l'ouvrir longtemps.

Il s'est calé dans un fauteuil et a planté son regard dans le mien. Si noir de haine, ce regard, que le plus débutant des serveurs n'aurait pu le confondre avec un simple client. La haine était sur ses lèvres pâles, dans ses doigts crispés, son corps tendu. Un peu plus massif que moi et presque chauve sur le sommet du crâne. Une tête de bagnard légèrement empâté.

Je l'avais imaginé plus beau, plus racé. Il était rustique. Je ne savais pas si j'allais faire le poids lorsqu'il me sauterait dessus, mais je comprenais que Sylvia ait pu faire l'amour avec moi. Cette pensée m'a donné du courage. Je suis allé à la cuisine et j'ai dit à Tony :

« Sois prêt à intervenir, dehors il y a un type qui veut me tuer.

— Un ivrogne ?

— Non, un jaloux. Cette nuit j'ai couché avec sa femme. »

Il avait cessé d'éplucher sa courgette.

« Qui, la beauté ténébreuse de l'autre soir ? L'intellectuelle ? »

J'ai acquiescé. Il a sifflé d'admiration.

« Tu dors souvent seul, mais quand tu ne le fais pas, chapeau ! Tu es sûr qu'elle n'était pas ivre ?

— Passe-moi un couteau bien pointu, je vais le glisser sous ma chemise. Je ne sais pas ce qu'il a dans sa poche.

— Elle t'a rendu fada ! Tu veux qu'on nous ferme la boutique ? Paul, tu ne vas pas saigner ce pauvre type sur la place à neuf heures du matin.

— Va voir ses yeux. Ça m'étonnerait qu'il me laisse attendre ce soir. »

Il m'a arraché le couteau que je dissimulais.

« Je ne t'ai jamais vu dans cet état. Qu'est-ce qu'elle t'a fait, cette tigresse ?... Tiens, donne une tranche de saucisson à Mozart et mets le reste dans ta poche, il va te suivre à la trace toute la matinée. Tu connais Mozart, si quelqu'un lève la main sur nous il le mange. »

J'ai fait ce qu'il me disait et Mozart ne m'a pas lâché d'un pouce. Jusqu'à midi je suis allé et venu avec sa truffe dans ma poche.

Altona non plus ne m'a pas lâché d'un regard. Il suivait le moindre de mes déplacements et gestes. Pourtant je cassais moins d'assiettes que lors de la présence magique de Sylvia. Fallait-il qu'elle le soit, magique, pour que je me promène dès le matin un saucisson dans la poche sous l'œil implacable d'un dément.

Sa bouche était de plus en plus blanche et ses doigts aussi à force de serrer les accoudoirs du fauteuil. Vers midi je suis sorti, les premières salades à la main. Il avait disparu. J'ai scruté le moindre recoin de la place. Je sentais encore dans mon dos les poignards de sa haine.

Sylvia a sonné chez moi le lundi suivant. Une semaine qui avait duré trois siècles. Une semaine sans la voir, sans appel, sans sa voix. Une semaine d'insomnie malgré la brutalité du travail.

D'où venait-elle ? Il y avait sur son visage une telle force et cependant elle paraissait perdue.

Elle s'est installée sur la petite terrasse qui domine les platanes et la ville, celle où elle avait voulu que je lise sa lettre. Nous aurions pu toucher l'or du clocher derrière le sang des géraniums.

Elle a bu d'un coup et sans parler trois verres de porto. J'avais l'impression que le porto était sa seule boisson, quelle que soit l'heure du jour et de la nuit. La seule capable de venir à bout de sa soif de vivre. Un incommensurable besoin de pleurer l'écrasait. Si belle, si égarée dans sa robe rouge pas plus grande que ma main.

C'est sans doute parce que j'aurais voulu que ma mère la voie et qu'elle m'apportait soudain une présence de tendresse qu'elle m'a dit brusquement :

« Enfant, j'ai offert un bouquet à ma mère. Elle a brutalement arraché de leurs tiges toutes les fleurs et m'a dit : que veux-tu que j'en fasse ? »

Elle s'est tue. Des larmes noyaient ses yeux. Son menton tremblait. J'aurais aimé lui toucher le bras tant me manquait aussi la douceur de ma mère. Nous aurions pu faire l'amour comme deux enfants désemparés.

« Et toi ? » m'a-t-elle demandé.

J'avais envie de poser ma tête contre ses petits seins en écoutant crier les hirondelles. Je lui ai resservi un verre de porto.

D'un trait elle l'a vidé et s'est mise à parler sans respirer :

« Je ne sais pas pourquoi je suis née. J'ai grandi dans une maison vide. Mes parents ne pensaient qu'à leur vie. Ils me laissaient seule des nuits entières. Ma mère ne regardait que mon père. Chacune de ses paroles, chacun de ses gestes était pour lui. Elle était envoûtée. Elle pouvait me marcher dessus sans me voir, passer des jours sans m'adresser la parole. Personne ne se souciait de moi. Ils rentraient à l'aube ivres de plaisir. Le rire de ma mère déchirait mon cœur. Pas une seule fois elle n'est entrée dans ma chambre embrasser mon front. Elle embrassait tout le corps de mon père avec des râles effrayants... À quinze ans je pesais quatre-vingt-cinq kilos. J'avalais tout ce qui me tombait sous la main. Dès qu'ils partaient je dévalisais les placards, le frigo. Je vidais des pots entiers de confiture avec mes doigts, je mangeais des kilos de viande crue. Tu n'as pas remarqué sur mes fesses les vergetures ? Ce ne sont pas des marques de cravache. Crois-moi, j'aurais préféré être battue plutôt que cette indifférence. Les fessées de ma mère je les aurais bénies. Rien. Jamais un regard, une caresse... Quelque temps plus tard j'étais anorexique, je ne pouvais plus rien avaler. La moindre nourriture me faisait vomir tripes et boyaux. Je suis tombée à trente-cinq kilos. On m'a mise dans une clinique psychiatrique. Des assistantes sociales sont venues enquêter, ma mère a été déchue de ses droits parentaux. Pendant six mois je suis restée dans cette clinique à avaler des cachets, à tourner dans un bâtiment avec cinquante folles. Folle, j'étais persuadée de l'être moi aussi. Ma mère m'avait tellement répété que j'étais égoïste, méchante et ne pensais qu'à moi. Oui, Paul, je me sentais coupable d'avoir été depuis ma naissance insensible et cruelle. Coupable d'être née. J'étais seule sur cette terre où personne ne m'avait attendue, aimée. Partout je n'étais qu'un poids. »

Elle s'est interrompue. Son regard avait atteint une extraordinaire fixité. Il n'y avait plus dans le ciel blanc de chaleur que la danse vertigineuse des oiseaux.

« Je ne viendrai plus, Paul, a-t-elle articulé, toi non plus tu ne me comprends pas. »

J'ai cru que j'avais été le seul à goûter cet instant d'immortalité. Je n'étais pas assez ivre pour la laisser partir sur un malentendu. Elle a ajouté :

« Peut-être on se comprend trop... Je ne veux pas souffrir. Pourquoi ne désires-tu pas que mon corps ? »

J'ai eu le courage de lui répondre.

« C'est tellement plus grand, Sylvia. »

J'ai senti que mes paroles prenaient les dimensions de l'été. Tout le calme du ciel est entré en moi, la paix des toitures, le soir.

« C'est trop grand pour moi, a-t-elle murmuré, je ne reviendrai plus. »

Je n'avais jamais vu un tel besoin d'amour dans les yeux d'une femme, une telle détresse. Elle m'a laissé toucher ses cheveux ou sa joue. En quelques secondes nous venions de nous aimer comme en vingt ans. Nous le savions tous les deux.

Maintenant elle pouvait partir, il y avait entre nous cette terrasse sur l'été que la mort n'effacerait pas. Derrière ses larmes son cœur vivait. Toutes les femmes sont en elle, ai-je pensé. Si elle le décidait nous pourrions rester là. Je lui servirais des petits verres de porto et je l'écouterais.

Elle s'est dressée. Elle a dévalé l'escalier.

Pourquoi était-elle revenue ? Pourquoi m'avait-elle choisi pour déverser tout ce poids de douleur, ce flot de détresse ? Elle s'était assise sur cette petite terrasse qui regarde la mer, avait parlé d'un trait sans paraître me voir et était repartie aussitôt.

Quatre-vingt-cinq kilos... La clinique psychiatrique... Toute cette souffrance... Comment était-elle devenue ce qu'elle était aujourd'hui, si belle ? Avait-elle raconté cette enfance à Altona ? Pleurait-elle devant lui ? C'était comme si nous n'avions pas fait l'amour, comme si nos corps n'existaient pas. Qu'étais-je donc pour elle ? Seulement quelqu'un qui la rassurait ? Un frère aîné ? Peu importe, elle était revenue.

C'est en tournant comme un lion en cage dans l'appartement, ma tête enflammée de questions, que j'ai aperçu son sac. Elle l'avait posé dans un coin du salon en arrivant et venait de l'oublier. Elle devait être déjà loin. C'était un sac de plage en lin décoré de perles de couleur. Toute son intimité devait être là, devant moi. Avais-je le droit de fouiller ? Bien sûr que non. Je n'ai pu résister.

Un par un j'ai posé sur le divan tous les objets qu'il contenait : serviette-éponge, brosse à cheveux, crème solaire, miroir, monoï, barrettes, maillot de bain, porte-monnaie, lunettes de soleil. Mon sang s'est figé. Son manuscrit se trouvait tout au fond. J'ai immédiatement reconnu la couverture rouge du cahier qu'elle tenait sur ses genoux le jour de notre rencontre dans les rochers.

Je suis allé boire deux verres d'eau glacée et j'ai tourné un bon moment autour du cahier avant d'avoir le courage de l'ouvrir.

Sur la première page était écrit le titre *Les Pâtes à la tomate*, juste dessous son nom « Sylvia Bellucci », sur la dernière ligne son adresse. J'ai lu quelques pages au hasard, très vite, le souffle court, comme si elle allait faire irruption et me surprendre. Je retrouvais son écriture ronde et souple, ses mots tranchants. À chaque page elle insultait sa mère et appelait son amour. Ce n'était pas un roman mais tous les cris de sa chair, chacun de ses nerfs y vibrait au plus profond de sa mémoire. La jeune femme écorchée qui venait à l'instant de quitter cette pièce palpitait derrière chaque mot.

J'ai jeté un dernier coup d'œil dans le sac de toile. Aucun trousseau de clés. Je me suis souvenu qu'elle avait gardé, suspendu à son épaule, son petit sac à main durant son monologue. Maintenant elle devait être chez elle.

J'ai relu son adresse et sans réfléchir j'ai plongé dans l'escalier. Elle habitait dans un quartier que je connaissais bien, nous y jouions au foot très souvent durant ma jeunesse. Je n'ai pas eu de mal à trouver la rue puis le numéro. Je me suis garé cent mètres plus loin. On se serait cru à la campagne, des petites maisons de banlieue, des arbres, une odeur d'herbe coupée.

Un portail rouillé qui devait être grand ouvert depuis ma naissance donnait sur un parc envahi d'arbustes et de fleurs sauvages. Au fond on distinguait une bâtisse sous des montagnes obscures de verdure, marronniers et acacias géants, et plus haut cette lumière si délicate, si reposante du ciel, quelques instants après que le soleil a disparu les soirs d'été.

Cela m'a fait penser à un tableau de Magritte qui me procure une forte émotion chaque fois que je le revois sur une carte postale ou un livre. Avais-je pressenti que cette maison et ce parc se trouveraient un jour sur ma route à un moment où la vie est si forte qu'elle vous enlève le sommeil. Mon sommeil était au fond de ce parc.

La propriété avait dû être très belle au siècle dernier. Elle semblait abandonnée. Un sentier la contournait.

J'ai longé un mur d'enceinte et débouché sur un autre chemin qui bordait un canal d'arrosage. J'étais à présent derrière la maison. À pas de loup je m'en suis approché le plus possible. Je me suis accroupi derrière un énorme buisson de mûres sauvages.

Tous les volets du rez-de-chaussée étaient clos. Ceux du premier étage croisés, afin sans doute de laisser entrer la lumière, pas la chaleur qui demeurait malgré l'heure encore étouffante.

La façade avait dû être ocre ou rose jadis, elle était sale et triste de ce côté, boursouflée d'humidité.

Je n'ai pas eu à attendre longtemps. Une femme parlait dans la maison. J'ai reconnu sa voix. Elle parlait sans s'arrêter comme elle l'avait fait chez moi une heure plus tôt, mais il y avait dans ses intonations ici quelque chose de léger, presque gai, alors que je n'avais senti sur ma terrasse que douleur et solitude. Parfois une voix sourde lui répondait d'un simple mot. Altona.

Quelques-uns de ces mots roulaient jusqu'à moi malgré le bruit de l'eau, des mots de plats cuisinés, de courses faites dans un supermarché. Une conversation banale de couple qui se retrouve le soir autour d'une table où règnent tendresse et confiance. Et tant de paix sous ces feuillages et ce ciel d'été me faisait souffrir. J'étais accroupi au milieu des ronces et mon cœur saignait. Auprès de lui elle était comme le ciel, calme, apaisée.

Une porte brusquement s'est ouverte au premier étage. Altona est apparu sur le perron. Il a jeté un coup d'œil dans ma direction et commencé à descendre les marches d'un escalier extérieur. Il s'est immobilisé pour allumer une cigarette. J'étais à moins de dix mètres de lui, recroquevillé autour de mes genoux. À nouveau son regard s'est braqué sur les ronces. Il devait avoir aperçu quelque chose.

« Qu'est-ce que tu fais ? » a-t-il crié.

J'ai cru qu'il s'adressait à moi.

« Une minute ! » a-t-elle répondu de l'intérieur.

Quelle honte s'ils me trouvaient là, accroupi dans les buissons en train de les épier. Il faudrait que je me batte avec lui. Quelle double honte si je n'avais pas le dessus. Je sentais que j'allais perdre l'équilibre. Mes muscles brûlaient.

Elle est sortie.

« On prend la tienne, je n'ai plus d'essence », a-t-elle dit.

Moi non plus, ai-je pensé.

À l'instant où ils tournaient le coin de la bâtisse j'ai basculé en avant, tête première dans les épines. Je me suis dégagé en déchirant la manche de ma chemise et j'ai couru jusqu'à la route par le sentier que j'avais emprunté.

J'ai eu le temps d'entrevoir une vieille Renault beige qui s'éloignait. J'ai sauté dans ma voiture. Grâce à un feu rouge je les ai rattrapés. Quelques véhicules nous séparaient.

Ils ont traversé une partie de la ville et nous sommes arrivés près d'un jardin public noir de monde. Ils se sont garés sur le trottoir, n'importe comment. J'ai fait comme eux un peu plus loin pour ne pas les perdre. Une musique puissante faisait vibrer l'air et le sol. Un concert.

Sylvia a regardé dans ma direction par-dessus son épaule. J'ai baissé la tête.

Ils ont erré un moment parmi la foule, main dans la main, puis ils se sont assis dans l'herbe comme la plupart des gens. Il y en avait des milliers. Sur un immense podium bombardé de lumières, un groupe sautait en l'air en brandissant des instruments. On aurait dit qu'ils appelaient à la révolte. Seuls les premiers rangs sautaient et hurlaient avec eux.

Je n'avais pas quitté des yeux la silhouette de Sylvia. Elle avait changé de robe pour le concert ou pour lui. Je me suis assis comme eux, vingt mètres plus loin.

Il caressait les cheveux de Sylvia avec beaucoup de douceur, très lentement il les lissait. Une douceur qui contrastait avec la brutalité de la musique. J'aurais donné dix ans de ma vie pour être cette main, cette main qui me broyait le ventre.

J'avais préféré le regard de haine de cet homme à la terrasse du *Petit Farci*, sa jalousie ardente. Je ne comprenais pas une telle tendresse entre eux. Avec moi elle parlait de souffrance, d'enfance déchiquetée, d'égoïsme, et puis elle partait. Elle le laissait être doux avec elle. Quel rôle me faisait-elle jouer ?

Soudain elle s'est retournée. Je n'ai pas eu le temps de me coucher par terre. Cette fois j'étais presque certain qu'elle m'avait aperçu. Elle a posé sa tête sur l'épaule d'Altona. Il n'avait pas cessé de lui caresser les cheveux.

Rester là à les regarder s'aimer était une formule subtile du masochisme. J'ai enjambé quelques couples allongés dans l'herbe, les yeux pailletés d'étoiles, et je me suis dirigé vers la buvette. J'ai bu quelques bières et j'ai roulé dans la ville une partie de la nuit.

4

Je suis arrivé au *Petit Farci* défoncé de fatigue et labouré de questions. Comment allais-je faire pour tenir jusqu'à la fin de l'été ? Depuis quelques jours je ne comptais plus les douches froides et les cafés serrés. Jusqu'à quand mes jambes me soutiendraient-elles en dormant trois heures par nuit affalé sur le divan, dans ma voiture ou tout habillé en travers du lit ?

Je suis allé droit à la cuisine. Tony était en train d'émincer des poireaux. Des pommes de terre coupées en lamelles marinaient dans l'huile d'olive. Je lui ai dit :

« Je vais faire passer une annonce dès aujourd'hui. Il faut absolument embaucher quelqu'un pour m'aider en terrasse, je tiens plus debout. C'est la chaleur, là-haut sous les toits je ne ferme plus l'œil, j'étouffe.

— Je comprends que tu sois en chaleur, tu cours après cette jolie chatte nuit et jour. C'est comme dans les dessins animés, je la vois danser dans tes yeux. Tu crois que je n'étouffe pas, moi, ici devant les fourneaux. C'est le Groenland ton appartement à côté. Je bois dix litres par jour. Si tu passes une annonce demande aussi un cuisinier, on bouffe l'affaire dans l'été et en septembre je suis tranquille pour les boules, les cartes et le casino... Ressaisis-toi, Paul, c'est toi qui étais chargé de veiller sur moi, toi qui devais serrer la bride. Depuis que tu l'as rencontrée je ne te reconnais plus. Tu n'entends pas ce que je te dis, tu n'entends pas les clients, les plats arrivent froids sur les tables quand je ne suis pas obligé de les apporter moi-même... Tu n'es plus là du tout, Paul. Je me demande si tu existes. De temps en temps traverse la route devant une voiture, si elle freine c'est que tu existes. Si elle ne freine pas c'est que tu n'existes plus.

— Pour aller au journal il faut que je traverse la route, si je reviens c'est que j'existe.

— Va au diable et laisse-moi terminer ma fondue de poireaux ! Je parle, je parle et j'ai oublié de faire blanchir la morue ! Tu mériterais que je t'en fasse une casquette, ça te protégerait du soleil ! Et des coups de foudre ! »

Les jours suivants ma voisine de dessous est venue chaque matin au restaurant. Elle a un certain âge, plus du tout d'argent, très peu de dents. Dès que je sortais les premières tables elle arrivait. Souriante et maquillée, elle me disait : « Seigneur, donne-nous aujourd'hui notre thé quotidien. » J'allais lui préparer. De l'extérieur elle ajoutait : « Seigneur, deux sachets si cela est possible et quatre sucres. » Je lui apportais aussi la corbeille de croissants. « Merci, Seigneur, puis-je te payer avec quelques vers ? »

Elle me récitait chaque jour une tirade entière de *Cyrano* pendant que j'installais la terrasse. Dans sa jeunesse elle avait connu un acteur de passage qui jouait le rôle. Elle l'avait aimé et relisait depuis la pièce chaque nuit.

J'écoutais cette vieille dame évoquer les souffrances et l'intelligence de l'amour, sur cette place où passaient les jours sans qu'elle revienne.

Roxane ne pouvait pas être plus belle que Sylvia. Si je n'avais pas dû gagner ma vie un plateau à la main, j'aurais écrit pour elle des cahiers de poèmes. Cyrano était laid, brillant et généreux. Qu'étais-je derrière mon comptoir avec le nez de tout le monde ? Altona avait-il la beauté de Cyrano ?

J'ai fait passer l'annonce dans le journal. Trois jours plus tard nous avons embauché une serveuse à qui les kilomètres ne faisaient pas peur. Sophie avait travaillé dans la plus grande brasserie de la ville. Entre les tables, elle se déplaçait vite et sa longue chevelure d'or fouettait ses fesses.

Le lendemain nous avons recruté un jeune cuisinier qui sortait tout juste du lycée professionnel. « Tu connais les aliments, lui a dit Tony, il ne te reste plus qu'à apprendre le métier. Avec moi tu seras à bonne école, je vais te bouger, quand tu sortiras d'ici tu pourras te présenter n'importe où. »

J'allais enfin pouvoir écarter les orteils quelques heures par jour et trouver les mots pour écrire une longue lettre à Sylvia, les quelques mots qui dessinent son visage lorsque je ferme les yeux.

Je n'ai pas eu le temps d'écrire les premiers mots d'une lettre que je me récitais depuis des jours. Ces mots on ne les cherche pas, ils éclatent en nous comme des orages.

J'étais allé chercher un fût de bière dans la réserve. Je le chargeais sur mon épaule lorsque la silhouette de Sylvia a découpé la lumière qui entrait par la porte.

« Charmante serveuse ! a-t-elle lancé. Je ne l'avais jamais vue.

— Moi non plus, on l'a embauchée hier.

— Vous ne vous êtes pas trompés, on la remarque.

— Elle a un corps, certes, des fesses et une chevelure qui ne coupent pas l'appétit aux clients. A-t-elle ce qu'une femme comme toi possède ?

— Quoi donc ?

— Je n'en sais rien, depuis que je t'ai aperçue je me pose la question.

— Offre-moi quelque chose de frais au lieu de raconter des bêtises. »

Des bêtises, ce qui m'arrivait... La plus redoutable maladie, la plus grisante.

Avait-elle été jalouse un instant ? Maintenant elle souriait. Ne l'avais-je pas un peu trop vite rassurée ? Nous nous sommes installés sur les hauts tabourets du comptoir. Je venais sans doute de rater une occasion de lui rendre la monnaie de sa pièce. Jaloux, je l'étais un peu plus chaque fois qu'elle tournait le coin de la rue. Chaque fois qu'elle m'offrait son sourire.

Nous avons bu deux jus de fraise glacés. Quand Sophie passait devant nous le plateau à la main, je n'hésitais pas à la suivre des yeux. Cela m'a donné le courage de dire à Sylvia :

« Cette jeune femme abat un travail !... Je vais pouvoir souffler. Que dirais-tu d'une petite escapade à l'hôtel ? Deux ou trois jours au pays du parmesan. Une cure de pâtes et de chianti. Deux ou trois jours à se faire dorloter et à penser à nous ?

— L'hôtel ?… Je n'ai même pas de quoi finir le mois.

— Et moi je ne trouve pas le temps de dépenser ce que je gagne.

— D'accord, j'accepte, je veux bien t'aider. Partons à la montagne, il y fait frais et il n'y a pas de moustiques. J'ai tellement chaud cet été que je rêve de dormir fenêtres ouvertes avec deux couvertures et le bruit d'un torrent. »

Elle n'avait pas hésité une seconde. Je me suis levé avant qu'elle ne réfléchisse.

« Je préviens Tony et on part.

— Tout de suite ? Je ne peux pas, je travaille ce soir. Demain si tu veux, je dois les prévenir.

— À quelle heure ?

— Je vais t'expliquer où j'habite. Disons, sept heures du matin, que j'aie le temps de prendre une douche. Tu ne voudrais pas voyager avec du coulis de tomate. Au fait, je n'ai pas oublié mon sac de plage chez toi ?

— Un sac avec une serviette-éponge ?

— Et mon roman surtout, mon cahier ! Ouf, tu m'enlèves un poids ! J'espère que tu ne l'as pas lu ?

— Je ne me suis pas permis de fouiller dans tes affaires.

— À ta place je l'aurais fait. Ça ne t'intéresse pas ce que j'écris ?

— Qui te dit que je ne l'ai pas fait ? Tout le monde a le droit de mentir. »

Elle a pris une feuille de papier et un stylo sur le comptoir et elle m'a dessiné le plan de son quartier. Je le connaissais déjà. Je la sentais tout de même un peu désarçonnée. J'avais marqué deux points : le premier grâce au corps souple de Sophie, le second grâce au cahier. L'avait-elle vraiment oublié ? Ne m'avait-elle pas aperçu l'autre soir, hagard de jalousie, au milieu de la foule ? Pouvait-on marquer des points face à une intelligence aussi inattendue ?

« Mets mon sac dans ta voiture, j'aurai ça de moins à préparer. J'ai envie d'écrire dans une chambre d'hôtel au-dessus d'une vallée... Regarde, là c'est le portail, il est toujours ouvert. La propriété n'a pas de nom. Attends-moi cent mètres plus loin sous le grand chêne. Sept heures ! »

Elle m'a tendu le plan et elle a filé. J'ai regardé ma montre : onze heures du matin. Vingt heures à attendre.

Nous allions partir tous les deux. Seuls tous les deux dans un petit hôtel de montagne. Sylvia pour moi tout seul. Sylvia endormie toute nue, ses cheveux sur ma bouche, ses petits seins dans mes mains.

Avant que le service ne commence, j'ai rampé sous la chaudière et j'en ai retiré une épaisse liasse de billets. Petit hôtel discret mais de luxe. Fleurs sur tous les balcons, nappes blanches sur les tables, petit déjeuner au lit. Je réfléchissais aussi à mes plus beaux vêtements ; ne pas oublier l'eau de toilette.

J'étais fou de bonheur. Inquiet aussi. Trop beau, beaucoup trop beau ! Le nom d'Altona soudain a traversé ma tête et l'inquiétude a disloqué le bonheur. Vingt heures de bonheur douloureux.

À six heures et demie j'étais sous le grand chêne, mon rétroviseur réglé sur le portail. À sept heures moins cinq mon cœur s'est emballé. À sept heures pile il est devenu fou. Les secondes se sont mises à tomber sur le toit de ma voiture comme des coups de pioche. J'ai été obligé de sortir et de marcher un peu. Sur la pointe des pieds je me suis rapproché du portail rouillé. Le ciel était d'un bleu très calme. J'ai tendu l'oreille. Il n'y avait que la course effrénée de mon sang.

Si elle me surprenait... Je suis retourné à la voiture. Cinq minutes plus tard j'étais encore près du portail. Je n'en pouvais plus. Jamais Altona ne la laisserait partir avec moi. Comment avais-je pu y croire ? Peut-être l'avait-il assommée lorsqu'elle lui avait annoncé ce voyage ? Avait-elle eu seulement le courage de lui en parler ? M'avait-elle oublié ? Dormait-elle paisiblement contre lui après une nuit de travail ?

Huit coups sont tombés du clocher le plus proche. Huit coups féroces. Je me suis senti totalement abandonné. Maintenant elle ne viendrait plus. Il ne me restait plus qu'à rentrer chez moi, ranger mes affaires et aller travailler. Perdre le plus de force possible. Anéantir cet immense sentiment d'abandon.

Elle était debout près de ma voiture un gros sac à la main. Elle me faisait de grands signes.

« Vite, filons ! Il est capable de tout. J'ai cru que je ne partirais jamais ! »

Elle s'est engouffrée dans la voiture et j'ai laissé un centimètre de caoutchouc sur le bitume.

« Il t'a battue ?

— Ne me parle plus de ça, c'est un cauchemar ! Roule ! Emmène-moi où tu veux mais roule ! Il devient dingue. Il est jaloux de tout, jaloux de l'air que je respire !

— À sa place je serais encore plus malade que lui. Il t'a tout de même laissée partir. Moi j'en serais mort. T'imaginer dans la bagnole d'un autre en train de filer au pays de l'amour. Qu'y a-t-il de plus douloureux, Sylvia ?

— Bon, écoute, si toi aussi tu le plains je retourne !

— C'est moi que je plains. J'ai attendu une heure et je souffrais autant que lui. J'ai failli venir te chercher.

— Tu aurais été inspiré. À l'heure qu'il est vous vous déchireriez les tripes.

— Mais qu'as-tu donc, Sylvia, pour que des hommes se déchirent les tripes ?

— Je te l'ai dit, deux jambes et une paire de seins comme toutes les femmes. Et une immense envie de ne dépendre de rien ni personne. Si tu veux vraiment que nous partions quelque part, arrête-toi dans le premier bistrot et offre-moi un double café et un panier de croissants. Je n'ai pas fermé l'œil de la nuit et je viens de me faire insulter pendant une heure comme la dernière des putains. »

Nous avons roulé sans itinéraire, sans carte, sans but, droit vers les montagnes qui sont de loin aussi bleues que la mer. Nous roulions et c'était merveilleux. Sa courte robe en voile de mousseline avait glissé sur ses cuisses et son visage n'avait jamais été aussi beau.

Soudain la route s'est arrêtée. Il y avait une petite auberge, une rivière sous un pont, des mélèzes et de la mousse, des fleurs partout et des forteresses de granit qui déchiquetaient les nuages. *Le Bout de la route* avait des géraniums à tous ses balcons.

« S'il ne reste pas de chambre, nous dormirons dans la niche du chien, ai-je dit à Sylvia.

— Tu es certain que tu as de l'argent à dépenser ? »

Il en restait une sous les combles.

Nous avons commencé par défoncer le sommier à ressorts, plus habitué à recevoir les corps fourbus et inertes de quelques générations de randonneurs. En une heure il avait rendu l'âme. Le petit hôtel était sobre, presque janséniste, rien de romantique ni de luxueux.

Pendant deux jours nous avons arpenté ces forêts et montagnes. Les gens que nous croisions sur les sentiers avaient de grosses chaussures, des sacs à dos et des casquettes. Nous n'avions que notre bonheur.

Nous avons traversé des prés, des torrents, des vallées de fleurs, des nuages de papillons aussi dorés et mauves que les fleurs, plus délicats que le ciel. Nous nous sommes jetés nus sous une cascade glacée qui nous a fait crier de douleur et de joie. Comme deux écrevisses nous avons fait l'amour en regardant briller les glaciers.

Jamais je ne m'étais senti si léger, si vigoureux, si beau. Magnifiques étaient les fleurs parce que Sylvia me précédait sur ces sentiers. Prodigieux ces torrents, ces lacs où couraient les nuages, ces pentes escarpées, ces rochers moussus où Sylvia bondissait. Sublime tout ce qui vivait, palpitait, sautait, fuyait, parce que cette jeune femme marchait devant moi et soudain se retournait, laissait glisser sa robe et m'offrait son sourire et ses seins.

Plus rien n'existait, *Le Petit Farci*, Altona, ma jalousie. Rien que ce regard et ces seins sur ma peau. Elle se retournait et la vie avait un sens. Dieu avait dessiné le monde avec la pointe de ces seins.

Le lendemain soir nous sommes rentrés à l'hôtel au milieu de la nuit. Portes et fenêtres étaient fermées. Les randonneurs ronflaient depuis belle lurette.

« On n'a pas le choix, ai-je dit à Sylvia. Ne bouge pas, je reviens. »

Je me suis accroché à une treille qui escaladait la façade du chalet et, au risque de me rompre dix fois le cou, j'ai atteint notre petit balcon, tout là-haut sous le toit. Le rire de Sylvia avivait l'éclat des étoiles, et cela me donnait la force et le courage de m'agripper à des rameaux toujours plus fragiles.

Depuis deux jours que nous sautions et roulions sur le lit, les ressorts avaient jailli de partout. Je lui ai dit :

« On ne pourra jamais dormir dans ce champ de patates. »

J'ai attrapé tous les meubles, table, chaises, lampe, armoire, et j'ai tout entassé dans un coin. Le sommier en fer, je l'ai plaqué droit contre le mur.

Durant toute la nuit, sur le matelas jeté par terre, nous avons pétri et dévoré nos corps en hurlant alors que les premiers orages noirs du 15 août déchiraient le ciel. Toutes les trente secondes les éclairs illuminaient son corps devenu sauvage. C'était bien la première fois qu'une telle frénésie m'embrasait tout entier sans que je ressente la moindre fatigue. Et toute la nuit tout l'hôtel est venu cogner contre la porte ou la cloison.

Ici les gens avaient choisi de marcher, de respirer, pas de faire l'amour. Nous faisions tout à la fois et n'importe où, du matin jusqu'au soir, du soir jusqu'au matin. La passion était en moi comme une bête fauve.

Vers dix heures le lendemain, j'ai téléphoné pour qu'on nous monte le petit déjeuner. Personne n'a répondu.

Nous sommes descendus le prendre dans la salle à manger. L'hôtel était désert. Ils étaient tous repartis dans les montagnes ou chez eux. Le patron n'était qu'un regard noir. Raide derrière son comptoir, il refusait de nous servir. Nous avons contemplé un moment la tête d'un cerf empaillé contre le mur, devant une table vide.

J'ai payé et nous avons filé. Ni bonjour, ni merci, ni au revoir. Sylvia étouffait de rire et de honte.

Nous sommes montés dans la voiture et elle m'a dit :

« J'ai fait pipi dans ma culotte, ce type avait la même tête que le cerf. »

Quelques kilomètres plus loin nous nous sommes arrêtés dans l'unique café-épicerie d'un village. Nous avons bu deux grands crèmes.

« Il faut que je l'appelle, m'a-t-elle dit.

— Qui ?

— Altona.

— Pourquoi l'appeler ?

— Je ne te le montre pas mais je suis inquiète. Je te l'ai dit, avec lui tout est possible.

— Tu veux encore te faire insulter ?

— Non, je ne voudrais pas retrouver un cadavre. »

Le téléphone était sur le comptoir. Elle a composé le numéro. Le bruit de mon cœur a envahi toute la salle du café.

« C'est moi, a-t-elle dit calmement. Ça va ?... Oui, ce soir ou demain. »

Elle me tournait le dos et ne disait plus rien. Elle l'écoutait. L'appelait-elle par pitié ou par amour ? Sans doute les deux. Qui étais-je dans son cœur ? Que lui disait-il ? Si elle le préférait à moi pourquoi avoir fait ce voyage ? Comment pouvait-elle se donner avec autant de vérité, d'abandon, si elle ne m'aimait pas ? Le doute de nouveau me brûlait. Brusquement elle a dit :

« Bon, ça suffit maintenant ! Cesse de pleurnicher ! Arrête ou je raccroche !... Je te l'ai dit, ce soir ou demain ! Tu n'as qu'à faire le ménage ! Ah non, tu ne vas pas recommencer ! »

Le ton était sans appel. J'en étais moi-même étonné. Elle venait de prononcer ces quelques mots avec une détermination implacable.

Je ne voyais pas son visage mais ce que je venais d'entendre lui ressemblait. L'un de ses yeux était d'une dureté inflexible, l'autre mélancolique et blessé.

Elle a raccroché sèchement et elle est sortie.

Nous sommes remontés en voiture mais je ne savais plus où je devais aller. Voulait-elle rentrer tout de suite ? Nous avons roulé en silence vers la mer. Vers une ville qui allait nous séparer.

Un peu plus bas nous nous sommes arrêtés dans un village fortifié. Nous retrouvions la canicule, les touristes hagards de lumière, desséchés.

Les restaurants avaient installé leurs terrasses à l'ombre des murailles. Je l'ai regardée dévorer une épaule de mouton rôtie aux tomates sous la fraîcheur des lauriers-roses qui poussent dans les fortifications. Je buvais beaucoup de vin rosé pour trouver quelque chose à lui dire.

L'après-midi nous sommes allés nous réfugier dans les profondeurs vertes d'une église et je n'osais même plus frôler sa main. Il y avait un cahier posé sur une table à l'entrée de l'église, parfois un touriste y traçait quelques mots avant de sortir. J'ai pris le stylo et j'ai écrit :

« Même quand nous faisons l'amour tu me manques. Je t'attends depuis si longtemps. Ne pars pas, Sylvia, j'ai tant besoin de ta beauté, tu sens si bon. La nuit a ton visage, mes jours ont ton visage. Viens partager mes jours. »

J'aurais aimé qu'elle lise les mots qui sortaient de ma chair et que je ne pouvais lui dire.

Elle était déjà dehors, au soleil, tout le monde la regardait comme si Dieu était sorti de l'église.

Nous avons repris la voiture et roulé droit sur le soleil. Je n'avais rien vu de cette route faite trois jours plus tôt. Je n'avais pensé qu'à ce visage pourtant si près de moi. Je me suis tourné vers elle et je lui ai dit ce qui brûlait mon cœur depuis des semaines.

« Sylvia, viens vivre avec moi. »

Son merveilleux sourire s'est formé dans ses yeux comme la naissance d'une étoile.

« Tu me plais parce que tu es un enfant, Paul, tu ne sais pas tricher.

— Comment voudrais-tu que je triche ? Je t'aime, j'en suis malade.

— Lui aussi m'aime, mais je le crois beaucoup plus vulnérable que toi, plus perdu.

— Tu restes avec lui par pitié ?

— Je reste avec lui parce que je lui ressemble.

— Tu crois que si je ne te ressemblais pas j'éprouverais ce que j'éprouve ? Je te comprends mieux que personne, Sylvia. Je ne suis pas très intelligent, non. Je t'aime, c'est tout. Tu crois que je suis fier lorsque je monte chez moi à une heure du matin et que ne m'attend que du silence. Du silence et de la nuit ? Qu'a-t-il de plus que moi ? Il peint ? Moi aussi je pourrais peindre ou écrire, j'en aurais la force si j'avais le temps. »

Son sourire était devenu sublime.

« Je ne reste pas avec lui parce qu'il peint. Je ne sais même pas pourquoi je reste avec lui. Je viens de vivre trois jours inoubliables. J'ai l'impression de rêver. Ça ne dure pas, les rêves. Si nous vivons ensemble il faudra travailler, partager toutes les misères et les banalités de chaque jour. Tu m'aimes parce que nous avons eu le meilleur. Tu ne me connais pas.

— Qu'est-ce qu'elle a de plus avec lui, la banalité ? Il est génial tout le temps, même aux cabinets ? »

Maintenant elle riait.

« Il n'est pas plus génial que toi, Paul. Il souffre plus, c'est tout.

— Faut-il que je m'ouvre les quatre veines ou que je me jette d'un pont pour que tu t'intéresses à moi ? Je vais arrêter de payer mon loyer, tu seras obligée de me récupérer. Sous le pont, j'y serai pour de bon. Tu crois que je plaisante ?... Mais tu ne vois pas à quel point je suis malade ? À quel point tu me rends heureux ? À la seconde où tu as levé les yeux sur moi dans les rochers, j'ai su que c'était toi. Ça ne m'était jamais arrivé. Toi, Sylvia. Un éblouissement !

— Je crois simplement que tu rêves, Paul. Lui ne rêve pas. Je ris mais je me demande à l'heure qu'il est dans quel état il doit être.

— Tu ne te demandes pas dans quel état je serai cette nuit, tout seul dans mon appartement en sachant que tu dors contre lui, que vous faites l'amour. Que vous faites ce que nous avons fait tous les deux et qui est la chose la plus sublime que je connaisse. »

Que pouvais-je ajouter ? À part rentrer de plein fouet dans un arbre pour lui prouver à quel point je souffrais.

Je me suis garé sous le grand chêne où je l'avais attendue l'autre matin, le cœur fou de bonheur et d'inquiétude. Elle a attrapé son gros sac et les affaires de plage qu'elle avait oubliées chez moi. Elle n'avait pas eu le temps d'ouvrir son cahier à la montagne. Elle a effleuré le coin de ma bouche avec ses lèvres et son sourire.

« J'y vais vite, Paul. Essaie de dormir, je t'appellerai.

— Je peux t'appeler moi.

— Il ne vaut mieux pas. »

Je l'ai regardée s'éloigner dans mon rétroviseur puis disparaître derrière son portail.

Toute la solitude du monde s'est abattue sur moi. J'ai compris que je venais de vivre les trois plus beaux jours de ma vie et je ne pouvais même pas crier.

5

Je n'ai pas eu la force de m'arrêter au restaurant écouter Tony me reprocher de l'avoir lâché au plus lourd de la saison, et puis elle pouvait m'appeler d'une minute à l'autre.

J'ai pris une douche en tendant l'oreille et j'ai commencé à tourner autour de mon divan. La nuit a mis une éternité à descendre des collines. Il faisait plus de trente degrés ici sous les tuiles, malgré les courants d'air. Derrière la fenêtre ouverte de la cuisine le ciel était de soufre, du côté du salon il était de cendre. Depuis quelques semaines ma vie était comme le ciel, de soufre et de cendre.

J'ai touché tous mes livres sans en ouvrir un. J'ai allumé et éteint la télé dix fois. Je ne voyais que son visage, son beau regard déséquilibré par la quête et la peur de l'amour.

À deux heures du matin le téléphone a sonné. J'ai bondi.

« Paul ?

— Oui.

— Ça va ?

— Non.

— Qu'est-ce que tu fais ?

— Je t'attends.

— Si tu l'avais vu quand je suis rentrée. Il était vautré dans un coin du salon, ivre mort. Il a vidé toutes les bouteilles d'alcool, celle de pastis était presque pleine. Il a vomi partout.

— Il l'a fait exprès.

— En tout cas il faisait peur.

— Sylvia !

— Oui.

— Viens ! »

Il y a eu un long silence. J'ai cru qu'elle allait raccrocher.

« Je ne peux pas le laisser comme ça.

— Puisqu'il dort !

— Ça ressemble plutôt à un coma.

— Je vais descendre vider toutes les bouteilles du restaurant.

— Couche-toi et essaie de dormir, j'en ai assez d'un sur les bras.

— Comment veux-tu que je dorme ? Si j'avais été endormi, tu m'aurais réveillé !

— Je savais que tu ne dormais pas. Va te coucher, je ne te rappellerai pas cette nuit.

— Quand ? »

Elle avait raccroché.

À neuf heures du matin je suis entré dans la cuisine du restaurant. Les livreurs se succédaient. Tony remplissait les frigos, tout en préparant une garniture aromatique, petits cubes de carottes, d'oignons, de céleri et de poireaux. De la viande de bœuf rissolait dans la casserole. D'un trait je lui ai dit :

« Je suis rentré avec un jour de retard, je sais ! Je te laisse tomber au pire moment, je sais ! Tu vas me dire que cette femme me rend cinglé, je sais ! Je sais ! Je préfère te l'annoncer tout de suite, je ne suis pas sûr de pouvoir continuer longtemps ici. Je ne sais plus ce que je fais ! Je pense à elle tout le temps ! Je pense à elle quand je rince les verres. Je pense à elle quand je sers un café. Je pense à elle quand je dessers. Je pense à elle quand je me lave les dents. Je pense à elle quand je marche. Je pense à elle quand je rêve, quand je mange. Je pense à elle quand je fais la caisse. Je pense à elle quand tu me parles. Je pense à elle quand je range la cave. Je pense à elle quand je suis avec elle. Je pense à elle quand on fait l'amour. Je pense à elle quand je réponds à un client, quand une femme traverse la place. Je pense à elle dès que le téléphone sonne. Je pense à elle quand il reste dix minutes sans sonner. Nuit et jour je pense à elle, Tony ! Plus rien ne m'intéresse. Là je te parle mais je pense à elle, je ne te vois pas. Je te laisse le resto, je n'y suis plus. Je vais tout arrêter, il faut que j'écrive un livre. C'est comme si je n'avais plus de corps. Je ne fais que penser.

— Commence par sortir la terrasse, m'a-t-il répondu en haussant les épaules. Pense à elle tant que tu voudras, mais va ouvrir les parasols ! »

Je suis allé les ouvrir parce qu'il valait mieux l'attendre en faisant quelque chose. Chez moi à côté du téléphone, je serais devenu fou.

Sur la place les promeneurs marquaient le pas et tournaient le nez vers le restaurant. Tony devait mouiller sa daube avec un bon vin rouge en y ajoutant du fond de veau.

Cinq jours plus tard j'ai trouvé une carte postale dans ma boîte aux lettres : un chat noir aux yeux d'or perché sur une maison rouge. Je l'ai retournée, l'écriture de Sylvia m'a sauté au visage.

J'ai fait un rêve. Tu étais employé au musée océanographique de La Rochelle. Tu t'ennuyais ferme à la caisse. Tu as décidé de mettre un maillot de bain noir et hop, dans l'aquarium avec les poissons ! Tu les as fait rire aux larmes en leur racontant des histoires, et même les plus dangereux se tordaient. Le musée connaissait alors un immense succès et tu étais nommé directeur, dans l'eau et en maillot !

Je me suis réveillée dans un grand éclat de rire, moi aussi !

Sylvia

Elle ne venait pas me voir, ne m'appelait pas. Que signifiait cette carte ? Que représentaient ces poissons que je faisais rire et ce chat noir sur cette maison rouge ?

J'ai démonté toutes mes piles de livres jusqu'à ce que j'en déniche un sur l'interprétation des rêves, et tout en travaillant j'ai attrapé quelques lignes par-ci par-là. Le soir j'étais perdu. Je nous retrouvais à chaque page, Sylvia et moi, et les yeux d'or du chat me fixaient désagréablement. J'avais hâte de remonter chez moi pour essayer de comprendre. Hâte de me retrouver seul face à ce chat.

Je suis remonté et pendant deux heures j'ai fixé le chat noir. L'énigme de Sylvia était-elle contenue dans cette carte ? D'un côté un rêve léger, gai. De l'autre ce chat, l'âme nocturne de Sylvia, son sourire d'ange. Quelque chose qui m'entraînait vers la mort. Son sourire de loup.

Plus je fixais ces yeux d'or, plus l'anxiété comprimait mon ventre, ma poitrine, ma gorge. Je le regardais désespérément pour que le téléphone sonne. Il ne sonnait pas.

Je savais qu'elle ne travaillait pas cette nuit. Elle était nue contre cet homme, sans doute heureuse.

À trois heures du matin le silence de la ville m'a broyé. Mon angoisse avait atteint une telle puissance que je suis allé chercher dans l'armoire la page de carnet sur laquelle j'avais recopié son adresse et son numéro de téléphone, le jour où elle avait oublié son sac de plage. À cet instant aucune force n'aurait pu m'empêcher de l'appeler.

La sonnerie a retenti un bon moment puis on a décroché. Une voix rauque de sommeil a dit :

« Oui ?… »

C'était lui.

« Passe-moi Sylvia !

— Quoi ?…

— Passe-moi Sylvia ! »

Il a raccroché.

J'ai refait tout de suite le numéro. Il a décroché aussitôt.

« Qu'est-ce que tu veux ? a-t-il crié.

— Passe-moi Sylvia !

— Va te faire voir, minable ! »

Pour la troisième fois j'ai composé le numéro. Elle a décroché.

« C'est moi. Qu'est-ce qu'il y a ?

— J'ai besoin de toi, Sylvia ! Je crève ! »

Elle a marqué un silence.

« Sylvia ?… Je veux te voir. Je veux entendre ta voix. Je suis en train d'étouffer. Si tu ne viens pas tout de suite, c'est moi !

— Calme-toi ! »

Je ne savais pas si elle s'adressait à lui ou à moi. Je les entendais se disputer violemment. Une porte a claqué. Sa voix s'est rapprochée.

« Il est sorti dans le jardin. Je vais passer une drôle de nuit.

— Il t'a battue ?

— Tu es fou de m'appeler maintenant ! Quelle heure est-il ?

— Je suis fou, oui, jamais je n'ai ressenti ça. Tu me rends fou, Sylvia !

— Il faut que tu dormes.

— Il y a combien de jours que je ne dors plus ? Je t'attends le soir, je t'attends le jour, je t'attends la nuit. Il n'existe pas une seule seconde où je ne t'attends pas ! Et toi tu m'envoies un chat noir ! Qu'est-ce que je suis pour toi, un type dans un bocal qui fait rire les poissons ? Je veux dormir contre toi, Sylvia, je veux sentir ta peau. Te savoir nue contre lui me rend fou. Je ne peux plus supporter que tu dormes avec lui, que ses doigts se promènent sur toi. Si tu ne viens pas, je le tue !

— Repose-toi, tu es épuisé. Demain soir je viendrai dîner avec toi.

— Tu resteras toute la nuit ?

— C'est très difficile, je ne sais plus où j'en suis. Il faut que je réfléchisse, que je me retrouve. J'ai surtout besoin d'être seule. À demain soir. Dors ! »

L'énorme mâchoire du silence s'est refermée sur moi. Je suis resté à côté du téléphone jusqu'à ce que la ligne noire de l'horizon sur la mer souligne le feu et l'or des premiers rayons du soleil.

Par-dessus les toits, j'apercevais toute la rade. Les grands paquebots d'Afrique dépassaient les îles, rayant à peine cette plaque d'étain.

À neuf heures du matin j'ai fait couler deux cafés. J'en ai apporté un à Tony. Ma décision était prise. Je lui ai dit :

« Je te laisse le restaurant. J'arrête tout. Embauche un autre serveur. Dans quelque temps nous irons chez le notaire, je te cède mes parts, enfin, je te les donne. Si je reste encore un mois nous n'aurons plus personne, je fais peur aux gens. Je te l'ai dit, Tony, il faut que je sois seul, je vais écrire un roman. Quand j'arrive ici le matin, j'ai envie de vomir.

— Tu en es un drôle, de roman. Si tu pouvais te décrire tel que je te vois... Cette femme t'a envoûté, Paul, ensorcelé. Si nous étions capables toi et moi d'écrire un roman, nous ne rentrerions pas chez nous à une heure du matin avec des vêtements et des cheveux qui empestent le graillon et des pieds qui ont doublé de volume. Atterris, Paul ! Redescends ! Je l'ai vue deux fois, cette nana, elle m'a fait peur. C'est un danger public ! Il y a vingt ans que je fréquente des tricheurs, des escrocs et des dingues. J'ai l'œil, Paul, cette femme est une tueuse. Arrache-la de ta vie tout de suite ! Fous-la dehors, elle va t'avaler ! Tu es un gentil, un sensible. Des types comme toi elles n'en font qu'une bouchée.

— Je m'en fous, Tony, de ce que tu peux penser d'elle, si tu l'avais tenue une nuit dans tes bras tu n'aurais plus envie de puer le graillon. Va perdre ta chemise et tes chaussettes à la roulette si ça t'amuse et ne viens pas me donner des leçons ! Tu as toujours tout perdu ! Tu es jaloux parce qu'elle est trop belle ! Une femme comme ça, tu ne l'auras jamais ! Si elle te souriait deux fois tu deviendrais gâteux ! Quand je la regarde tu crois que j'ai envie d'aller au casino ? C'est tellement plus vertigineux que de gagner ou perdre un fond de caisse. Tu joues le 23 et le 32, bravo ! Si ça te suffit... Moi je saute en parachute sans savoir ce que j'ai dans le dos. Je suis peut-être envoûté, comme tu dis, ensorcelé, mais je vis comme je n'ai jamais vécu ! Je souffre et je vis comme je n'imaginais pas que ce soit possible. Je vais écrire un roman parce que cette femme m'en a rendu capable. Il y a deux mois je n'aurais pas trouvé les mots pour écrire une lettre à un fournisseur, aujourd'hui je me sens d'écrire un roman, d'écrire dix romans !

— Tire-toi ! Va écrire ton roman ! Je ne parle pas à un fou. Je ne t'en veux même pas, Paul, tout ce que tu m'as dit je l'ai déjà oublié. Je vais passer une annonce en attendant que tu guérisses. Si tu as faim il y aura toujours une assiette pour toi. Un jour tu sauras que les pâtes à la tomate elles sont ici, pas dans la culotte d'une garce ou d'une hystérique. »

J'ai claqué la porte de la cuisine et je suis remonté chez moi. Avant que le soleil se couche elle serait là, dans l'une de ses petites robes de coton à bretelles, rouges, noires, si légères, si courtes.

J'ai cru qu'il ne se coucherait jamais. Vers huit heures, comme chaque soir, les pies ont chassé les pigeons en s'abattant sur les toits qui ceinturent la place. J'en ai compté quatre-vingt-seize. Il paraît qu'elles viennent se réfugier ici la nuit parce qu'elles sont elles-mêmes chassées des collines par les corneilles. L'amour et la peur. Qu'existe-t-il d'autre ?

Compter les pies pour tuer les secondes ne m'avait pas empêché de scruter la place que j'apercevais par endroits à travers le feuillage. Des enfants tapaient en hurlant dans un ballon, escaladaient la statue qui domine la fontaine ou s'arrachaient le flambeau de vanille d'une glace italienne, suivis d'une meute de chiens à l'affût de l'accident. Je m'étais brossé dix fois les dents, j'avais pris dix douches, essayé toutes mes chemises. Aucune ne favorisait mon visage. Ma peau devait encore sentir le graillon.

La nuit, fin août, tombe plus vite. Je ne transpirais plus de chaleur, mais j'étais moite d'attente. Lorsqu'elle a sonné j'ai couru à la salle de bains inonder mon buste d'eau de toilette. Le vacarme de mon cœur déchirait mes oreilles.

J'ai fermé les yeux en la pressant contre moi. À travers l'étoffe, son ventre et ses seins me brûlaient. Sa robe a glissé sur le sol et j'ai voulu la posséder debout sur la dernière marche de l'escalier. Elle s'est dérobée. « Pas maintenant. J'ai besoin de parler d'abord, emmène-moi dîner quelque part. »

Je l'ai tirée vers moi violemment. J'étais ivre de désir, ivre d'elle, prêt à la battre à force d'attendre, de guetter, d'espérer, de douter.

Elle m'a repoussé. « Plus tard ! »

Elle s'est rhabillée, a ramassé son sac et nous sommes sortis. Mon désir était si puissant, si encombrant que j'en étais mal à l'aise. Nous sommes montés dans ma voiture et je me trompais de mots, de vitesses, de rues. J'avais envie d'écraser le frein et de lui arracher la robe au milieu de la ville. La ville entière n'attendait que ce geste de moi. La ville entière battait dans mes mains d'un désir démoniaque.

« Tiens, gare-toi là, a-t-elle dit soudain, je connais un petit restaurant italien de l'autre côté de la place, j'y venais très souvent lorsque je suis arrivée ici. »

Comme au *Petit Farci*, la terrasse était noire de monde. Le patron a reconnu Sylvia, il s'est empressé d'aller chercher à l'intérieur une petite table et deux chaises. Il nous a installés un peu à l'écart, contre des canisses. Des guirlandes d'ampoules de couleur se balançaient entre les platanes, jetant sur cette fin d'été une lumière mélancolique.

J'ai relu la carte plusieurs fois. Les noms des plats dansaient devant mes yeux. Je ne savais pas ce que je voulais, je la voulais, elle. Ma gorge en était nouée. Le plus raffiné des mets ne serait pas passé. J'ai commandé la même chose que Sylvia et le meilleur rosé de la maison.

Brusquement son visage s'est durci. Elle m'a dit :

« Tu l'as vu ?

— Qui ?

— Altona.

— Où ?

— Là-bas, derrière les jeux d'enfants. Depuis un moment il nous épie. »

J'ai tourné la tête. Il venait droit sur nous. Il s'est planté devant notre table. Instinctivement j'ai posé ma main sur le couteau à viande que le garçon venait de nous apporter. Un faux laguiole au manche bleu.

« Rentre à la maison ! a-t-il grondé entre ses dents.

— Tu veux dire chez moi, lui a-t-elle répondu avec un calme qui m'a surpris autant que l'irruption brutale de cet homme. Non seulement je t'héberge, je te nourris, mais tu me surveilles, tu me suis et maintenant tu me donnes des ordres. »

La jalousie tordait le visage d'Altona.

« Rentre ou je le tue ! » a-t-il articulé. Sa lèvre inférieure tremblait.

Un immense silence figeait la terrasse. Tous les regards étaient braqués sur nous. Il m'a semblé que même les voitures s'arrêtaient à l'autre bout de la place. Il a mis sa main droite dans la poche de son pantalon. Je me suis vivement écarté de la table sans lâcher le laguiole.

« Non seulement tu ne vas tuer personne, lui a-t-elle ordonné toujours aussi calmement, mais si tu ne repars pas immédiatement tu peux faire tes valises, tu ne restes pas chez moi une heure de plus. Je passe la soirée avec un ami, j'ai besoin de parler. Tu me laisses vivre et tu déguerpis ! »

À cet instant j'étais plus étonné par le ton impérieux de cette femme, sa domination inflexible, que par la folie meurtrière d'un homme qui n'en pouvait plus. Elle traversait le feu fraîche comme la glace.

Il ne bougeait pas. Ne parlait plus. Seule sa lèvre inférieure continuait de trembler. Il semblait hypnotisé par l'éclat métallique du regard de Sylvia.

Il nous a tourné le dos. Sans un mot il a disparu dans la première ruelle.

J'étais heureux qu'elle ait choisi sans hésiter de rester avec moi, heureux de cette victoire et cependant l'indescriptible souffrance de cet homme je la comprenais, je la partageais. Depuis deux mois elle ravageait mon corps, épuisait mes nuits. J'aurais pu être à la place de cet homme qui s'éloignait dans la ruelle, démoli. Sylvia était beaucoup trop belle, trop fragile, trop puissante. Qui aurait pu résister ?

Nous avons dîné sans revenir sur l'incident. Je lui ai dit que j'avais quitté *Le Petit Farci* et que j'allais comme elle essayer d'écrire un roman. À partir de maintenant j'étais libre, libre pour écrire, libre pour la voir. Autour de nous, le brouhaha des couverts et des conversations avait repris.

Elle m'a écouté et elle a dit :

« Il faut que je rentre. »

Je suis resté bouche bée.

« Je croyais que nous allions… Tu ne dors pas chez moi ?

— Tu l'as vu ?… Il m'a suivie jusqu'ici. Qui sait ce qu'il est capable de faire à présent.

— Mais, Sylvia…

— Je rentre, Paul. »

Je n'ai pas eu plus de force qu'Altona pour me révolter. Les jambes coupées, je l'ai raccompagnée. Il y avait en elle quelque chose de fatal. Le démon de la jalousie s'est remis à danser.

Une fois de plus je suis rentré chez moi, seul. Je me sentais plus vieux que les rues, plus vieux que les murs. Plus vieux que le silence. De plus en plus vaste, le silence ; si lointains les feuillages où dormaient les pies. J'aurais pu être si calmement heureux ici, seul au milieu des tuiles, des nuages, des livres et des oiseaux. Dehors le vent s'était levé, il aiguisait les étoiles. J'étais beaucoup plus vieux que cette nuit d'été. J'étais devenu l'esclave de cette femme, plus exactement l'un de ses deux esclaves. Tony avait-il raison ? Ensorcelé je l'étais bien. Jusqu'à quel point était-elle diabolique ? Jusqu'où jouait-elle avec nous ? Je ne savais plus à quel clou pendre ma lampe.

J'ai trouvé un cahier neuf et un stylo dans mes affaires. Je me suis assis à la table de la cuisine. J'ai ouvert le cahier à la première page et j'ai fait ce que je faisais depuis des semaines, j'ai attendu.

Je me suis demandé si je ne devrais pas essayer de rencontrer Altona, de lui parler, tenter de comprendre ensemble ce qui nous arrivait. Je revoyais le dos légèrement voûté de cet homme disparaître dans une ruelle deux heures plus tôt. Ce dos était aussi le mien. Malgré tout elle était avec lui à cette heure de la nuit et moi tout seul devant un cahier sans mots. Je me tordais comme une feuille de papier sur la flamme.

C'est cette nuit-là que j'ai commencé à boire beaucoup de pastis, seul devant un cahier d'écolier ouvert sur la table de la cuisine.

6

Midi sonnait lorsqu'on a frappé à ma porte. J'ai ouvert. C'était elle. Tout son front était bleu.

« Je passe en coup de vent, m'a-t-elle dit. Je pars quelques jours.

— Qu'est-ce que tu as au front ?

— C'est pour ça que je pars. Cette fois il est fou.

— Il t'a frappée ?

— Frappée… Assommée tu veux dire ! Dès que je suis rentrée hier soir il m'a donné un coup de tête terrible. Je n'ai rien vu venir. Il a cogné si fort que je suis tombée dans les pommes.

— Tu aurais dû m'appeler ! Il était saoul ?

— Comme chaque fois que je sors. Je ne peux plus mettre un pied dehors sans qu'il vide toutes les bouteilles.

— Ça ne peut pas durer, Sylvia, tu as vu ta tête ?

— Si je l'ai vue… Je n'osais même pas venir te voir.

— Je vais le démolir, Sylvia ! Je vais le crever !

— Ne te mêle pas de ça, je m'en vais quelque temps.

— Il n'en est pas question ! On retourne tout de suite chez toi et je le fous dehors avec toutes ses merdes. Je vais lui en faire un collier, de ses cadres !

— Tu ne le connais pas, il est capable de me tuer.

— Alors viens vivre ici. On va chercher tes affaires et tu t'installes chez moi le temps que tu voudras. Je te garantis qu'ici il ne viendra pas te chercher. »

Cette idée m'a ébloui. C'était peut-être ma chance, ce coup de tête. Il venait de commettre une grave erreur.

« Ça ne réglerait rien. Il faudra bien qu'un jour je retourne chez moi. C'est chez moi tout de même ! Je lui ai laissé quelques jours pour trouver un toit et déménager.

— Il ne le fera pas. Où veux-tu qu'il aille sans le sou ? Il a trop besoin de toi.

— Je ne sais plus où j'en suis…

— Il n'y a qu'une question, Sylvia, une seule, est-ce que tu l'aimes encore ?

— Je n'en sais rien, Paul. Je ne sais plus rien. Après ce qui s'est passé il faut que je parte d'ici, n'importe où. Je ne sais même pas si je reviendrai.

— Et moi ?

— Je te l'ai dit, Paul, depuis quelque temps je ne comprends plus ma vie.

— Où vas-tu aller ?

— Peut-être à La Rochelle, peut-être ailleurs. Je vais rouler. »

Elle m'a embrassé sur la joue et elle a disparu dans l'escalier.

Je suis resté un moment les bras le long du corps. Voilà à quoi se réduisait à présent l'amour le plus fou de ma vie, des apparitions de plus en plus irréelles. Je l'attendais des jours et des jours dans l'espoir de l'apercevoir quelques minutes.

Cette brute l'avait frappée méchamment, maintenant elle fuyait. Il était parvenu à l'éloigner de moi. Subitement cette idée m'a rendu malade, je n'avais même plus la possibilité de la joindre quand au milieu de la nuit je crevais de douleur. Je n'avais pas été assez rassurant, assez protecteur. Je n'avais pas trouvé les mots ni l'autorité pour apaiser sa peur.

Peut-être était-elle encore chez elle en train de boucler ses bagages. C'était ma seule chance d'être à la hauteur, de la protéger, de lui prouver qu'auprès de moi elle ne risquait rien.

Sans réfléchir j'ai attrapé les clefs de ma voiture et j'ai dévalé l'escalier. Il était plus de midi. Sous la fournaise la ville semblait déserte. Une lumière cruelle la sabrait. L'heure où il n'y a dans les rues que du silence et des chiens.

J'ai brûlé tous les stops et feux rouges. Je me suis garé à vingt mètres de la maison de Sylvia. Je n'allais pas comme l'autre soir la contourner par le canal d'arrosage. Je suis entré dans le parc en courant par le portail grand ouvert.

Un profond silence régnait sous les arbres. Une odeur de bassin et de fleurs sucrées. Aucune voiture n'était garée près de la bâtisse. J'en ai fait le tour et j'ai gravi l'escalier d'où j'avais cru qu'Altona m'avait aperçu, accroupi derrière les buissons. Il était peut-être à l'intérieur, seul.

La porte était entrouverte. Je suis entré. À cet instant je n'avais aucune idée de ce qui pouvait se passer. Nous allions sans doute nous sauter à la gorge sans un mot. Le front bleu de Sylvia avait embrasé de rage tout mon corps.

J'étais dans une étroite cuisine. La table n'était pas débarrassée, des piles de vaisselle sale menaçaient de s'écrouler sur l'évier et la cuisinière à gaz.

En trois bonds j'ai fait le tour de l'appartement. Il était minuscule. Cuisine, chambre, salon. Une douche dans un placard. Personne.

Personne de vivant mais des murs peuplés de vie. Des tableaux accrochés ou appuyés contre les murs. Des tableaux partout. Des dizaines de tableaux. J'aurais préféré me trouver face à la violence d'Altona. J'étais broyé par sa présence, anéanti par la puissance brutale de sa création. Suffoqué. Il y avait plus de violence sur ces murs qu'entre les mains du plus furieux des hommes.

C'étaient des batailles monstrueuses, des séismes, des cortèges d'hommes et de femmes plongeant dans les ténèbres. Un chaos de roches, de corps, de glaces, de nuages et d'orages.

Chaque toile était un coup de poing en pleine poitrine. Partout des amoncellements humains de lumière, d'argile et de soufre. Des apocalypses rouges, ocre et bleues, d'une force démesurée.

J'avais bien visité quelques galeries ou musées au cours de mes rares voyages, où avais-je vu un tel tumulte ? De tels embrasements ? J'ai pensé à Géricault. Peut-être à Goya. Je les connaissais mal.

J'ai fait le tour du petit salon et je suis entré dans la chambre. La chambre de Sylvia... Non, la leur. Un matelas sans sommier étalé sur le carrelage, des draps en bataille, deux oreillers. Leurs draps, leurs oreillers, l'empreinte de leur complicité.

Ce lit où ils s'aimaient, se confiaient, s'endormaient si près l'un de l'autre, cent fois j'avais essayé de l'imaginer. Il me faisait moins mal que tous les paysages convulsifs que je venais de voir. Ici aussi les tableaux envahissaient l'espace, les murs. D'autres foules surgissaient des entrailles de la terre avec des yeux de pierre. Altona devait travailler sans répit. Il n'était pas de ce monde, il peignait avec un cheval fou.

Pas de meubles, des vêtements jetés un peu partout. Une chambre d'artiste. La penderie était grande ouverte. D'un côté les robes et jupes de Sylvia, repassées, suspendues à des cintres, ses pulls rigoureusement pliés, empilés. De l'autre une énorme boule de chemises et pantalons froissés, de tee-shirts délavés.

Je me suis affalé sur le matelas. Maintenant je comprenais Sylvia. Je savais pourquoi elle aimait cet homme malgré la jalousie, la violence et l'alcool. Chaque coup de pinceau était un cri d'angoisse ou de terreur.

Cet homme je le voyais agrippé aux abîmes, scruter le monde avec l'œil d'un oiseau de proie. Je l'entendais crier et combattre ses propres monstres au fond de tous les gouffres de l'enfer.

Oui, je comprenais Sylvia et je souffrais. Écroulé sur le lit où elle lui appartenait, je souffrais atrocement.

Des livres étaient entassés sur une chaise près de moi. J'ai jeté un coup d'œil sur les titres. Une photo est tombée par terre. Une photo en noir et blanc. Je l'ai ramassée : Sylvia. Sylvia endormie sur ce matelas. Elle était étendue sur le dos, entièrement nue, les jambes légèrement repliées sur le côté, au milieu de draps en bataille. Les poings fermés au-dessus de sa tête, comme les bébés. Ses cheveux dormaient, son ventre dormait, ses petits seins dormaient, sa bouche était entrouverte. Altona l'avait photographiée dans l'innocence du sommeil, sans doute un jour d'été. Elle dormait comme un après-midi d'août ou de juillet, aussi nue que le ciel.

Soudain j'ai entendu le bruit d'un moteur ou celui des pneus d'une voiture. Une portière a claqué. C'était là juste sous les fenêtres, dans le jardin. J'ai glissé la photo dans ma chemise et je me suis précipité vers la porte d'entrée.

Je venais de la franchir quand je l'ai vu. Altona montait l'escalier tête baissée, lourdement. Il soufflait. Il allait lever les yeux et m'apercevoir. Je me suis jeté sur lui.

Il a reçu tout mon poids en pleine poitrine. Il a lancé ses bras vers le ciel comme pour s'y raccrocher. Un dixième de seconde nos regards se sont cherchés. Sa bouche était grande ouverte. M'avait-il reconnu ?

Il a perdu l'équilibre et il a basculé en arrière. Ses jambes sont passées deux ou trois fois pardessus sa tête. Il a rebondi en vrac jusqu'au bas de l'escalier où son crâne a percuté de plein fouet l'angle d'une balustrade de pierre. Il s'est affaissé comme un sac de farine.

Sa chute avait été silencieuse. Il n'y avait eu que ce craquement. Le bruit sec d'une pastèque qu'on éclate sur le sol.

Il ne bougeait plus. Je suis parti comme un fou à travers le parc.

J'essayais de faire démarrer ma voiture. Mon bras était paralysé. Que m'arrivait-il ? Qu'avais-je fait ? J'entendais l'effroyable craquement. Ma vue se brouillait.

Je devais appeler une ambulance, prévenir. Était-il gravement blessé ?

Je suis sorti de la voiture et je suis revenu sur mes pas. Mes jambes tremblaient.

Au pied de l'escalier son corps tordu n'avait pas bougé d'un millimètre. C'est en touchant son bras que j'ai compris qu'il était mort. Mon sang s'est mis à bouillir.

J'ai regardé autour de moi si quelqu'un m'avait vu. J'ai dit : « Il y a quelqu'un ? Au secours ! Il n'y a personne ? »

Il n'y avait que le profond silence d'un parc, un après-midi de septembre et ma vie qui venait de basculer dans les gouffres monstrueux d'Altona.

J'ai marché jusqu'à la nuit dans les rues. J'aurais voulu boire quelque chose de fort mais je ne pouvais pas entrer dans un bar, mes mains tremblaient, tout mon corps tremblait. Il me semblait que la ville entière me regardait. Je cherchais les rues désertes.

Quelqu'un allait trouver le mort, un voisin, le facteur. Sylvia parlerait de moi à la police. Elle connaissait ma jalousie, elle me soupçonnerait. Mes empreintes étaient partout, j'avais touché des objets, des portes. J'allais passer des années en prison et elle me haïrait. En quelques secondes j'avais tout perdu. Des crampes tordaient mes boyaux.

Je suis passé devant une boîte de nuit. Des paquets de jeunes y entraient. Je me suis dit : « Ils viendront pas me chercher là. » J'ai suivi un groupe de filles qui riaient.

On ne voyait presque rien à l'intérieur. Grâce aux faisceaux lumineux des lasers, tout le monde tremblait. Je me suis approché du comptoir. À côté de moi quelqu'un a commandé une vodka-pomme. J'ai dit : « Moi aussi ! »

La barmaid était blonde et jeune, elle m'a servi en dansant. J'ai vidé mon verre d'un trait et je lui ai fait signe.

Je suis resté plusieurs heures le ventre collé au comptoir. Les yeux rivés sur cette femme qui remplissait des dizaines de verres d'alcool en faisant rouler son nombril percé d'un anneau d'or. Elle était gracieuse et souple. C'était le visage et le corps de Sylvia que je voyais.

À un moment deux gogo-girls sont montées sur un podium au bord de la piste. Elles étaient presque nues. La jolie barmaid a sauté sur le comptoir et elle a mis le feu. Elle a jeté son tee-shirt et dansé seins nus. Les lasers fulguraient sur leurs pointes.

La musique me fracassait la tête. Les vodka-pomme apaisaient mon sang.

Perdu au milieu de tous ces jeunes ivres qui sautaient je ne risquais rien. J'étais l'un des leurs. Je pouvais avoir fait n'importe quoi ils me souriaient. Altona n'avait jamais existé, pas plus que ses fantômes telluriques exécutant une danse de pierre.

Une jeune femme bouclée est venue contre moi, une flûte de champagne à la main elle m'a crié dans l'oreille : « J'ai vingt ans aujourd'hui et j'ai peur ! J'ai peur du sida, j'ai peur du terrorisme, j'ai peur de la guerre ! Je ne veux pas faire d'enfant ! »

J'ai hurlé dans la sienne :

« Moi aussi j'ai peur ! »

Elle a attrapé ma tête à deux mains et m'a embrassé longuement sur la bouche avant de disparaître dans la foule qui sautait, les bras dans la lumière.

Tout le monde pouvait avoir peur. Ici je n'étais pas seul.

Quand je suis sorti avec les derniers clients, le jour se levait. J'étais ivre et mes jambes ne tremblaient plus dans cette ville calme.

Toutes ces femmes que j'avais frôlées sous la musique brutale avaient écarté le cauchemar.

Sur les boulevards encore déserts, je savais où diriger mes pas, les gestes qui m'attendaient je les connaissais. Une seule chose comptait, ne pas perdre Sylvia.

Elle avait dit à Altona de quitter la maison, de se trouver un toit, de partir. C'était ce qu'il allait faire. Disparaître à jamais, me laisser Sylvia. Nous laisser enfin nous aimer. Cette brute avait eu ce qu'il méritait.

Le parc était encore plus silencieux que la ville. Depuis combien de siècles les oiseaux, les insectes et les chats n'avaient pas franchi cette grille rouillée. Ici les fleurs embaumaient et mouraient pour rien. J'étais le premier homme qui osait s'avancer sous les pins noirs et les érables pourpres. Malgré l'énorme quantité d'alcool mon cœur s'est réveillé.

Il était toujours étalé au pied de l'escalier. Je me suis accroupi près de lui. Son cou et sa chemise étaient noirs de sang. Son visage était de marbre.

D'ici une heure ou deux le facteur allait passer. Il fallait d'abord l'enlever de là. Je l'ai attrapé par les pieds et je l'ai tiré à l'écart sous les arbres. Il était dur et froid. J'ai dû m'y reprendre plusieurs fois pour ne pas toucher ses mollets.

Je me suis embronché et je suis parti en arrière. C'est en me relevant que j'ai aperçu le puits, un peu plus loin dans l'ombre rouge d'un marronnier. Une camisole de lierre le recouvrait.

J'ai arraché quelques branches et j'ai soulevé une plaque de métal rouillé. En me penchant j'ai distingué le reflet obscur de ma tête, tout au fond dans l'œil d'eau.

J'étais encore trop saoul pour réfléchir. Je l'ai agrippé par les aisselles et je l'ai hissé sur la margelle. J'ai bataillé un moment avant de parvenir à le faire basculer dans le vide. Il était aussi raide et lourd qu'une statue de pierre. Repoussée par le treillis de lierre, la plaque de métal me retombait dessus.

Au fond du puits le bruit m'a semblé énorme. C'était comme si je le tuais une seconde fois.

J'ai couru vers la maison. La porte était comme je l'avais laissée, grande ouverte. Je suis allé dans la chambre. Au fond de la penderie j'ai trouvé un grand sac de voyage, j'y ai fourré toutes les hardes d'Altona ainsi que deux ou trois paires de ses chaussures et tout un tas de papiers, passeport et photos qu'il avait glissés sous la boule de vêtements.

J'ai refermé la porte d'entrée et je suis allé balancer le sac dans le puits. Je lui ai crié : « Ce sera plus difficile maintenant pour lui donner des coups de tête ! Bon voyage, petit génie ! »

J'ai baissé la plaque de métal, remis le lierre à sa place en l'ébouriffant et j'ai filé. J'étais glacé de sueur de la tête aux pieds.

C'est en passant devant la vieille Renault beige que je me suis dit : « S'il est parti, il est parti avec. » Je me suis penché à l'intérieur. Les clefs étaient sur le contact.

Quelques instants plus tard je me suis garé sur le port, près des bassins d'où les paquebots partent chaque jour pour le monde entier. J'ai fermé la voiture et je suis allé jeter les clefs à la mer.

Il ne me restait plus qu'à récupérer la mienne et essayer de dormir. Je suis entré dans le premier bistrot et j'ai commandé un cognac. La vodka commençait à m'abandonner.

En cherchant un billet j'ai senti la photo. Sylvia avait passé la nuit contre mon ventre. Entièrement nue contre ma peau.

S'il n'y avait pas eu cette femme, j'aurais traversé la rue et je serais monté dans le premier navire que le soleil touchait. C'était pour elle que je venais de faire éclater la tête d'un homme.

7

Durant les heures et les jours qui ont suivi je me suis rendu compte qu'il n'y avait que l'alcool qui me conduisait au silence. Dès que j'ouvrais les yeux après quelques instants de mauvais sommeil, mes jambes se mettaient à trembler. Je partais dans les rues et, tant que je n'avais pas avalé sept ou huit pastis, j'entendais ma tête craquer. Ces rues, je ne les reconnaissais plus. Depuis des années, je les avais aimées à toute heure du jour et de la nuit, étonnantes en toute saison, vibrantes de couleurs, d'appels, de désirs. Je traversais une ville de cendre où je croyais à chaque seconde apercevoir Sylvia. Ville morte. Où trouver la force de fuir ? Fuir cette ville maudite et rouler vers le silence et l'oubli. Retrouver les terres perdues de mon enfance, les hautes terres insouciantes et bleues. Quelque hameau dévoré de ronces et d'orties. Des villages de silence et de vieillards. Et là, pendant des jours et des jours, je marcherais sous la lumière et le vent.

Sur des chemins de terre rouge, jusqu'à l'épuisement je marcherais. Je traverserais d'immenses plateaux déserts où ne se dresse, tous les cinq kilomètres, qu'un amandier noir supplicié de chaleur et de vent. Des terres désolées où l'amour ne s'arrête jamais tant souffle une aveuglante solitude.

Un soir j'ai trouvé Sylvia assise devant ma porte. Son front n'était plus bleu, il était jaune et vert.

« Depuis hier je t'appelle, tu n'es jamais chez toi. Tu as une tête... Mais tu es saoul !

— Je ne suis pas saoul, je t'attendais. Les hommes qui t'attendent boivent, Sylvia, tu dois commencer à le savoir. »

Elle a eu un petit rire nerveux ou sarcastique.

« Je viens de perdre mon travail.

— Les olives sur la pizza ?

— Même ça je ne suis pas capable de le faire. On ne quitte pas la chaîne sans prévenir.

— C'est la première bonne nouvelle depuis plusieurs jours, je t'invite à en manger une vraie, dans une vraie pizzeria. »

Nous sommes partis à pied. Je m'appuyais sur elle. Je ne tremblais que de bonheur.

J'ai commandé deux pastis et du vin rouge pendant qu'elle consultait la carte.

Brusquement elle m'a fixé :

« Il est venu te voir ?

— Qui ?

— Altona.

— Pourquoi ?

— Il a filé. Je suis rentrée il y a deux jours, il n'était plus là. Disparu avec toutes ses affaires.

— Bon débarras !

— Il n'a pas emporté ses pinceaux, la seule chose qui compte pour lui. »

Ses yeux étaient de plus en plus agités.

« Tu es contente... C'est ce que tu voulais ?

— J'étais persuadée que vous vous étiez rencontrés. Ça ne lui ressemble pas. »

J'ai vidé mon verre dans ma gorge.

« Pourquoi voudrais-tu qu'il vienne me voir ? Je suis l'homme qu'il déteste le plus. »

Nous avons partagé deux pizzas et j'ai recommandé du vin. Le restaurant était minuscule. Il y régnait une chaleur terrible, surtout où nous étions, si près du four.

« Sortons, m'a-t-elle dit, j'ai besoin de prendre l'air, je ne me sens pas bien du tout.

— Moi je me sens très mal. La chaleur.

— L'alcool et la chaleur. »

J'ai payé et nous avons marché dans les rues. Maintenant c'était elle qui s'appuyait sur moi. Je remerciais l'alcool et la chaleur.

« Tu es partie loin ? lui ai-je demandé. Tu aurais pu m'appeler.

— Je me sens de plus en plus mal. »

Elle a lâché mon bras et s'est engouffrée dans une impasse. Je l'y ai suivie. Pliée en deux dans le coin le plus obscur, elle vomissait tripes et boyaux. Je lui ai soutenu le front.

« Laisse-moi, j'ai honte », a-t-elle gargouillé.

Je me suis détourné et j'ai projeté devant moi tout ce que contenait mon estomac.

Pendant d'interminables minutes nous avons dégobillé à tour de rôle pizza et vin. La souffrance et l'odeur nous ont contraints à rire. Un homme a fait claquer des volets en hurlant : « Allez faire ça ailleurs, bande de salopards ! »

Nous avons quitté l'impasse en essuyant nos bouches avec des feuilles que j'arrachais à une haie. Sous le premier lampadaire nous avons constaté que nos chaussures étaient tout éclaboussées de vin et de tomate. Je suis retourné dans l'impasse arracher d'autres poignées de feuilles.

Même ivre et souillée, je me serais damné pour elle. Je lui ai mordu la jambe en nettoyant ses chaussures. Damné je l'étais déjà.

Elle a bondi en arrière. J'ai essayé de la coincer contre un arbre tellement j'avais envie de ses seins. Elle m'a repoussé avec son genou et ses mains.

« Tu ne vois pas que je crève de honte ! a-t-elle crié. Tu ne voudrais pas m'embrasser, je suis dégoûtante, je sens mauvais !

— Moi aussi je sens mauvais. Allons prendre une douche.

— Raccompagne-moi à ma voiture, dans l'état où je suis une femme a besoin d'être seule. Ce n'est pas une douche qu'il me faut, c'est dix ! Un tube de dentifrice et un flacon entier de parfum ! Je t'appellerai dès que je serai présentable. »

Pendant vingt-quatre heures je suis resté assis près du téléphone, la bouteille de pastis à la main. Damné !

Plus on attend les gens, moins ils viennent. Je suis descendu l'attendre dans le bistrot d'en face. À travers la vitre je la guettais. J'apercevais aussi le va-et-vient du *Petit Farci*, entre la fontaine et les platanes. Ça ne m'intéressait pas.

Tous les quarts d'heure j'allais dans la cabine composer son numéro. Personne.

Les gens surgissent dès qu'on ne les attend plus. Surtout Sylvia. Je m'étais endormi sur une table, derrière la vitre du bar. Elle me secouait.

« J'ai sonné chez toi, je suis entrée ici par hasard acheter des cigarettes. »

Elle étincelait.

« On boit l'apéritif ?

— Ah non, j'ai donné ! Je n'ai pas les moyens de jeter une paire de chaussures tous les jours. Montons chez toi, tu en profiteras pour te raser. »

J'ai touché ma joue. Ce n'était pas celle d'un bébé. Nous sommes sortis. Le patron devait se demander ce qu'une jeune femme aussi gracieusement distinguée faisait avec un type comme moi. Je m'étais posé la même question, quelques semaines plus tôt, en voyant la tronche d'Altona. Elle devait aimer les clochards. En montant l'escalier derrière ses jambes trop lisses, trop belles, j'ai eu un pressentiment. Elle devait aimer que les hommes deviennent des clochards à cause d'elle. À cause de ses jambes, à cause de sa malice, à cause de ses yeux magnifiques et cruels.

Je n'ai pas eu le temps de me raser. Je venais de refermer ma porte lorsqu'elle s'est dressée devant moi. Son visage soudain était sec, tendu. Elle m'a lancé :

« Je ne comprends pas pourquoi il est parti. Je suis certaine que tu me caches quelque chose !

— Tu n'es tout de même pas venue ici pour me parler de lui... Il y a deux semaines c'était un monstre, aujourd'hui tu le cherches partout ! Si tu aimes les coups, si tu l'as dans la peau, va le retrouver et arrête de me torturer !

— Je veux simplement savoir si vous vous êtes rencontrés.

— Tu sais ce que tu veux ? C'est toi qui lui as ordonné de déguerpir, de ramasser ses affaires et de filer ! C'est bien lui qui t'a défoncé le front ? Tu es partie parce que tu avais peur ? »

À cet instant ses yeux étaient de fer. Très lentement elle m'a répondu :

« Ce n'est pas lui qui m'a fait le front bleu et je ne lui ai jamais demandé de partir. Pas une seule fois il n'a levé la main sur moi, je ne l'aurais pas supporté. »

Mes jambes se sont remises à céder. Je ne comprenais pas ce qu'elle racontait. Je voyais apparaître son sourire de loup.

« Enfin, Sylvia, ce n'est pas la première fois qu'il te frappe… La nuit où nous avons fait l'amour ici, il a déchiré toutes tes robes, il a jeté ton chat par la fenêtre et il a failli te trancher la gorge ! C'est bien ce que tu m'as raconté ?

— C'est bien ce que je t'ai raconté mais c'était faux. Faux comme tout ce que j'ai inventé. Mon chat n'est jamais passé par la fenêtre. Mon front était bleu parce que je n'ai pas vu une porte vitrée dans une grande surface et il n'aurait jamais osé mettre un couteau sous ma gorge. Tu l'as cru, c'est ce que je voulais. »

Un coup de batte de base-ball sur le crâne ne m'aurait pas assommé plus.

« Sylvia… Je ne comprends pas… Pourquoi aurais-tu inventé toutes ces histoires ?

— Je n'en sais rien. Peut-être ai-je besoin de preuves d'amour. L'amour n'existe pas, seules les preuves d'amour existent. Ce n'est pas moi qui ai dit cela.

— Tu veux dire des preuves de souffrance… Tu sais le mal que tu m'as fait ? Le mal que tu me fais chaque jour ? À lui aussi sans doute. Tu veux nous faire crever ?

— S'il n'y a pas de souffrance, il n'y a pas d'amour. J'ai passé ma vie à chercher l'amour, je n'ai connu que la souffrance. Quand je vous voyais souffrir, je me disais que vous m'aimiez. »

Ses paroles étaient devenues tranchantes, glaciales.

« C'est pour ça que tu cherches Altona ? Tu ne le vois plus souffrir et ça te rend malade. Que je passe mes journées à boire, à t'attendre, ça ne te suffit pas ?

— Comme tu comprends vite. J'ai besoin de vous voir boire, me chercher, souffrir. J'ai besoin de vous voir vous haïr, vous déchirer. Votre jalousie féroce, j'en ai besoin pour vivre. Les hommes disent que je suis belle, je ne les crois pas, ils disent ça à toutes les femmes. Je veux les voir souffrir, je veux les voir vomir de souffrance ! J'aimerais qu'ils s'entre-tuent pour moi ! »

La cruauté de cette femme était démoniaque. L'ange avait entièrement disparu. J'étais en face d'un démon. Un égoïsme noir. Aussi noir que ses yeux. Pour la première fois elle était laide.

Brusquement j'ai entendu craquer la tête d'Altona. Ce bruit effroyable a enflé jusqu'à écraser mes tempes. J'ai hurlé : « Sorcière ! »

À toute volée je l'ai giflée.

Elle a poussé un cri de fureur et s'est jetée sur mon visage comme une tigresse. Je n'avais pas assez de mains pour protéger mes yeux. Ses griffes arrivaient de tous les côtés.

J'ai lancé mon poing en avant de toutes mes forces. Elle l'a reçu en pleine figure et s'est écrasée contre le mur du salon avant de s'écrouler parmi des piles de livres.

« Va-t'en ! lui ai-je crié. Ne remets plus les pieds ici ! Tony avait raison, tu es un monstre ! Un monstre ! Va dire à tes amants que je t'ai défoncé la gueule parce que j'étais jaloux ! Ça te fait jouir ! Pour une fois tu ne mentiras pas ! Il te faut des taquets pour te sentir aimée ? Aujourd'hui je te hais ! Je vais t'arracher de mon corps ! Ne m'appelle plus ! Ne franchis plus cette porte ! Ne traverse même plus la place ! Je vais t'arracher de ma vie ! »

Son visage était tordu de douleur et de haine. Sa bouche saignait. Elle a ramassé son sac et a dévalé l'escalier. Une fièvre de cheval secouait toute ma carcasse. Des larmes jaillissaient de mes yeux.

J'avais tué un homme pour rien, un pauvre bougre comme moi, un pauvre innocent. J'étais un assassin et je ne pouvais plus m'arrêter de pleurer. Un assassin !

Je me suis effondré sur la table de la cuisine. J'étais encore plus malade que le jour où je l'avais tué. Depuis le début elle m'avait menti, manipulé, ensorcelé. Elle avait joui de me voir boire mes larmes. Avec une innocence diabolique elle nous avait dressés l'un contre l'autre minutieusement, jour après jour elle nous avait détruits.

Et dire que Tony m'avait prévenu. Sans la connaître il avait tout senti, tout compris. Maintenant que je tenais ma tête à deux mains, la bouche pleine de larmes, ses paroles me revenaient : « Cette femme est une tueuse… Tu es envoûté, possédé… » Combien il avait vu juste. Et moi je l'avais insulté, méprisé, humilié. J'avais trahi sa confiance, saccagé notre amitié. Je l'avais abandonné. J'avais abandonné un ami pour cette sorcière du diable. J'avais jeté un homme dans un puits.

Maintenant j'étais seul face à ma conscience. Seul face à ma vie. Aussi seul que cet homme qui avait commencé à pourrir au fond du puits.

À trois heures du matin le téléphone a sonné.

« Paul, c'est moi… »

Sortant du plus noir de la nuit, sa voix m'a glacé. J'ai raccroché aussitôt.

Quelques secondes plus tard la sonnerie a retenti de nouveau.

« Il faut que je te parle ! Écoute-moi !

— Brûle en enfer ! » ai-je hurlé.

J'ai coupé brutalement.

Je savais qu'elle allait rappeler. J'ai débranché le téléphone et je suis descendu marcher dans les rues. Même débranché il me faisait peur. Elle était capable de tout. Capable de ne pas avoir quitté la ville ces derniers jours. Capable de savoir où était Altona.

Il fallait que je marche encore et encore dans ces rues où je ne comprenais plus la parole des gens, les regards, les premiers signes de l'automne. Les soirs n'étaient plus des soirs, le soleil n'était plus le soleil, les nuages n'étaient plus les nuages, la mer n'était plus la mer. Mon visage n'était plus mon visage.

8

Le lendemain après-midi, j'ai trouvé une lettre sous ma porte. Rien sur l'enveloppe. Je l'ai ouverte. L'écriture de Sylvia a fait bondir mon sang.

Paul,

Tu refuses de me voir, de me répondre, de m'écouter. Je te comprends. Je ne te demande qu'une chose, lis cette lettre jusqu'au bout.

Lorsque je t'ai rencontré, j'ai tout de suite senti que tu étais un homme sincère, quelqu'un à qui je pouvais me confier enfin. Nous avons deux sensibilités vibrantes et la même façon de porter nos vies à même la peau. Nous avons connu des instants intenses et dévastateurs. Je savais que tu pouvais comprendre mes carnages et mes douleurs, mes cris et mes espoirs. Et c'était bon. Bon à en devenir cruel. Pour une fois on m'abordait autrement. Je me sentais sensible, accessible. On ne m'esquissait plus à l'aide des trois fusains ignobles qui ont détruit mon enfance : dureté, incapacité d'aimer, égoïsme.

Je voulais un ami, un véritable ami que la vie te donne comme un cadeau et qui éclaire et fait résonner ton existence. Et puis tu as plongé et moi j'ai laissé faire. Je me suis laissé aimer parce que c'était tout simplement grisant. Je traversais une période horrible avec Altona. *J'étais perdue, disloquée. J'avais besoin de me confier. Tu me calmais. Tous les mots que je venais chercher chez toi étaient autant de petites lumières et de force que tu m'insufflais en plein cœur. Mon amour n'avait pas besoin d'un lit pour s'exprimer. Nous faisions déjà l'amour depuis la première minute, depuis les premiers mots. Depuis l'instant où tu m'as abordée sur les rochers qui regardent les îles.*

Nous sommes deux personnalités bien trop entières, bien trop passionnées pour envisager une union heureuse. On se démolirait jusqu'à l'ultime point d'endurance, jusqu'à en devenir fous ou pis encore…

Je me sens terriblement blessée, meurtrie et coupable. Coupable d'avoir perdu un homme, sorte d'étoile filante. Je suis en deuil. D'une peine de cœur on se rafistole, on guérit. Du sentiment que j'éprouve on ne se relève jamais. J'aurais infiniment plus mal que toi dans le temps. Tu me tortures en me refusant désormais ton amitié. Oui, je t'ai menti, je t'ai trahi, tu as souffert atrocement. Je l'ai fait, poussée par une force que je ne m'explique pas. Une force étrange, obscure. Je l'ai fait pour t'attacher à moi afin que tu me protèges, que tu veilles sur chacun de mes jours. Que tu m'aimes comme le plus fragile des enfants.

Voilà, j'arrive au terme de cette lettre. Tu pourras bien penser que je suis une épouvantable garce, une femme insensible, cruelle. Une sorcière comme tu me l'as dit. Avec toi que j'aime, Paul, j'aurais levé le voile sur ce que j'ai dans les tripes, démon et souffrance, et je l'aurais fait avec une sincérité absolue.

Altona n'est toujours pas revenu. C'est mieux ainsi. Le seul homme que j'aime, c'est toi.

Sylvia

La première lettre de Sylvia, je l'avais lue et relue des dizaines de fois, aujourd'hui encore je pourrais la réciter par cœur. J'avais soulevé chaque mot comme autant de pierres à la recherche d'une pépite d'amour, le cœur fou de lumière. Celle-ci était effrayante. Peut-être effrayante de sincérité. En disant toujours le contraire de ce qu'elle ressentait, n'était-elle pas fidèle à sa peur ? Que signifiaient pour elle les mots amitié, égoïsme, sincérité, passion, cruauté ? Rien. De la souffrance et encore de la souffrance. Tout ce que cette femme touchait devenait souffrance. Une merveilleuse machine à fabriquer de la souffrance.

Chacun de ses mots, de ses sourires était empoisonné. Cette lettre que je tenais, elle l'avait écrite de sa propre main et sa main était aussi froide que la peau d'un serpent. Je l'ai jetée comme on jette un reptile du fond d'un cauchemar.

Dès le lendemain je suis allé chez le médecin le plus proche. Je lui ai dit : « Je suis épuisé. Je ne dors plus. Je ne peux plus rien avaler. J'ai quitté mon travail. Je suis tellement angoissé qu'un rien me fait pleurer. »

Il m'a posé quelques questions. J'ai évité d'évoquer l'existence de Sylvia. Il m'a dit :

« Surmenage. Vous êtes à bout. Vous avez besoin de repos, de sommeil. Je vais vous prescrire du Lexomil. Dès que l'angoisse monte croquez-en un ou la moitié d'un, ce sont des bâtonnets très efficaces. Vous allez dormir et vous serez moins anxieux. Surtout n'hésitez pas, dès que ça ne va pas, croquez. Pas à la louche, tout de même, soyez prudent, c'est un vrai médicament, deux trois par jour, pas plus. »

J'en ai croqué deux en sortant de la pharmacie et j'ai dormi sept ou huit heures sans changer de côté. Depuis des mois cela ne m'était pas arrivé.

Ce qui s'est passé les jours suivants, je suis incapable de l'expliquer tant les événements ont été chaotiques. À travers le brouillard du Lexomil et parfois de l'alcool, je ne revois partout que l'ombre obsédante de Sylvia, son désir farouche de me soumettre, de me harceler.

Dès que je rebranchais le téléphone il sonnait, et les lettres se sont mises à pleuvoir dans ma boîte.

Je ne les lisais ni ne les ouvrais. Dès que j'apercevais son écriture, je les jetais le plus loin possible. J'ai coupé les fils de ma sonnette. J'avais attendu des semaines, la main prête à bondir sur le téléphone pour quelques secondes avec sa voix…

Un matin je suis allé boire un café dans le bistrot d'en face. Dès que je suis entré le patron est venu vers moi.

« Qu'est-ce que c'est que cette folle qui vient dix fois par jour nous demander si on t'a vu ? C'est ta copine ? Elle est barjo de chez barjo ! Hier elle a commandé une salade, elle a commencé par faire un esclandre parce que c'était trop long, un quart d'heure après elle a agressé la table d'à côté et pour finir elle a insulté tout le monde et elle est partie sans payer ! Je l'avais vue deux ou trois fois avec toi, elle me coupait le souffle, mais là… Cinglée de chez cinglée ! Tu la connais bien ?

— Je croyais la connaître.

— Si tu la vois, dis-lui de ne plus remettre les pieds ici ! Tu te rends compte, j'ai cru qu'elle allait arracher les yeux des clients ! Une furie ! C'est extraordinaire, une femme qui semblait si classe. Et bien roulée ! Il y a trente ans que je suis dans la limonade, on en apprend tous les jours. Elle nous a chassé les derniers touristes. »

Les rares fois où j'ai rebranché le téléphone, je l'ai regretté. Un soir il a sonné. Une voix d'homme :

« Je vous appelle de Nice, c'est le commissariat. Connaissez-vous une certaine Sylvia Bellucci ?... Elle nous a donné votre nom et votre numéro. Elle ne retrouve plus sa voiture. Elle semble égarée. Ses propos sont assez incohérents. Vous la connaissez bien ? Vous pourriez venir la chercher ? »

Je n'aurais jamais dû décrocher. Elle ne reculait devant rien. La police... Elle était capable de les amener jusqu'ici. Jusqu'au puits.

« Je la connais. Là je ne peux pas venir, je travaille. Vous ne pourriez pas lui donner un billet de train ?

— Elle est vraiment perdue. On va voir, merci. »

Cette fois j'ai débranché définitivement. Elle avait décidé de me traquer sans répit, de jour comme de nuit, par toutes les perversités de sa folie.

Un goût amer ne quittait plus le fond de ma bouche. Le Lexomil ou Sylvia ?

Elle avait pensé à la police… M'attirer dans un commissariat… Elle était une grenade qui roule dans les rues et personne ne savait où ni quand elle allait exploser.

Je ne suis plus sorti qu'à la tombée de la nuit. Furtivement j'allais acheter quelque chose à manger à l'épicerie la plus proche. Un soir le patron du bar m'a aperçu, il a traversé la place en me faisant de grands signes.

« Elle est revenue, cette folle ! Depuis deux jours elle campe chez moi avec une espèce de clochard. Il n'y a pas dix minutes tu les trouvais là. Dans un état !… Qu'est-ce qu'ils se sont envoyé ! Je voulais les foutre dehors. Elle est capable de se mettre à hurler, de me faire encore partir tout le monde. Et tout l'après-midi elle m'a demandé où tu étais. Deux épaves… J'en ai vu des gens plonger. À cette allure, jamais ! Elle est vêtue n'importe comment, négligée, pas très propre. Quant au type il pue ! Dis donc, tu n'aurais pas un moyen de me les enlever de là ? C'est pour toi qu'elle vient. Ta porte, elle ne la quitte pas des yeux. Elle va finir par attraper le sida. Quand je pense à la beauté que c'était…

— Dis-lui que je suis parti en voyage. Je fonce, l'épicerie va fermer. »

J'ai fait des provisions pour plusieurs jours. Même raser les murs était dangereux. Une furie... Une clocharde... Qu'était devenu en trois semaines l'amour le plus fou de ma vie...

Je m'enfermais à double tour et je croquais du Lexomil. Dormir... dormir... dormir... Un homme au fond d'un puits. Le démon qui rôde dans les rues. J'étais une maison hantée.

Durant tout le mois d'octobre j'ai dormi. Dormi et regardé à travers les vitres l'automne descendre sur la ville.

Je me réveillais parfois à midi. Une belle lumière blonde chauffait doucement les toitures, à peine dérangée par l'ombre rapide d'un vol de pigeons. Parfois mes yeux s'ouvraient le soir dans une chambre déjà bleue. Des cris d'enfants montaient des rues, libres, joyeux. Où était mon enfance... Les beaux étés d'alors...

Je venais de vivre en quelques mois le bonheur le plus pur, le plus insolent, puis l'attente, le doute, les pires brûlures de la jalousie, un acte monstrueux et maintenant la terreur. Un été...

Je me réveillais seul dans une chambre silencieuse, sans les bruits d'une famille derrière la cloison. Bruits de chaises, de vaisselle, d'insouciance. Bruits protecteurs. J'aurais aimé dire un seul mot : « Maman... » Comme à six ans après un cauchemar. Maman. Et la nuit redevenait paisible.

Je commençais à marcher dans mon appartement. La brume montait de la mer. De ma cuisine je regardais les collines saigner au-delà des lointaines banlieues aux géométries blanches. Sous les arbres de la place l'ombre devenait froide, rares les passants. Chaque jour les oiseaux partaient vers le sud.

Un après-midi mon regard a été attiré par une scène étrange. Quelqu'un pêchait dans la fontaine, juste sous mes fenêtres. D'où j'étais je ne voyais qu'un chapeau noir, des bottes en caoutchouc et la canne. Des enfants le regardaient ébahis mettre un appât à l'hameçon puis le lancer dans l'eau. Alors ils fixaient tous le bouchon. Il n'y a jamais eu un seul poisson dans cette fontaine, ni argenté ni rouge, seules quelques feuilles y flottent en automne, pareilles à de larges mains d'or. Sans doute un adolescent qui s'amusait à étonner les enfants.

Le pêcheur soudain a relevé la tête vers moi. J'ai reconnu ses yeux, si sombres, si différents. Je me suis jeté en arrière. Sylvia !

M'avait-elle aperçu ? Que faisait-elle dans cet accoutrement ? Elle me narguait, me provoquait. Elle voulait me signifier qu'elle connaissait le secret du puits et qu'il était temps de repêcher le cadavre. En tremblant j'ai croqué du Lexomil. Le diable dansait devant ma porte.

Je ne me suis plus approché des fenêtres. J'ai attendu en dormant qu'on vienne m'arrêter. Un jour je l'ai souhaité comme une délivrance.

Fin novembre j'ai rebranché le téléphone. Ma solitude hypnotique était pire que la plus obscure prison.

Un matin d'hiver il a sonné. En décrochant je me suis aperçu qu'il n'y avait plus une seule feuille sur les platanes de la place et que j'avais vécu dans le silence pendant une éternité.

Une voix calme m'a dit que Sylvia se trouvait depuis plusieurs semaines dans un hôpital psychiatrique, qu'elle n'avait pu donner que mon numéro et que le médecin-chef souhaitait me rencontrer. Sylvia allait un peu mieux depuis quelques jours, ma visite lui ferait le plus grand bien. J'ai noté l'adresse de l'hôpital.

En raccrochant j'étais aussi calme que cette voix. Aussi calme qu'un chat assis sur le rebord d'une fenêtre. Il fallait bien que quelque chose arrive. Elle avait tenté de m'attirer dans un commissariat, maintenant c'était un hôpital psychiatrique. Il était inutile de lutter et je n'en avais plus la force. Oui, j'étais calme parce que je n'avais plus la force d'avoir peur. Elle n'était peut-être pas folle mais sa folie était là : prête à tout pour voir souffrir un homme. Prête à tout pour se sentir aimée.

Le lendemain après-midi j'ai pris ma voiture. Je n'avais pas conduit depuis deux mois. Mes jambes étaient très faibles. J'ai traversé une ville de coton.

Le concierge de l'hôpital m'a indiqué le pavillon. J'ai été reçu par une infirmière qui m'a dit : « Ça tombe bien, l'interne est encore là. » Elle m'a conduit dans un bureau vitré qui donnait sur un vaste hall où des femmes et des hommes fumaient ou grimaçaient, parfois les deux. Certains étaient encore en pyjama ou en robe de chambre.

L'idée de revoir Sylvia ne me bouleversait pas. Mes sentiments ressemblaient à ce lieu hors du temps.

L'interne m'a invité à m'asseoir. Il était beaucoup plus jeune que moi, élégant, bronzé, l'œil clair. Il ne sortait pas d'une barre de béton. Les deux infirmières debout derrière lui en étaient très agitées.

« Je vous remercie d'être venu si vite, m'a-t-il dit, c'est moi qui vous ai appelé hier. Sylvia nous a beaucoup parlé de vous. Vous ne saviez donc pas qu'elle était chez nous ?

— Non.

— Elle nous a dit que votre amitié lui était très précieuse. Vous comptez beaucoup pour elle. Comment la trouviez-vous ces derniers temps ?

— Je n'ai pas eu l'occasion de la voir souvent. J'ai travaillé tout l'été dans mon restaurant. Il n'y a pas si longtemps que je la connais. Je ne sais même pas pourquoi elle est ici.

— Elle est arrivée en ambulance. Des chiens l'avaient mordue. Un confrère l'a fait hospitaliser. Des témoins qui étaient dans la rue ont dit qu'elle insultait les chiens, qu'elle les provoquait. Nous pensons qu'elle avait bu. C'est une personnalité très tourmentée, fragile. Je présume que vous l'aviez senti... Nous avons téléphoné à sa propriétaire qui nous a raconté que l'appartement de Sylvia avait été entièrement inondé et qu'elle avait retrouvé des sacs entiers de marchandises que Sylvia achetait et abandonnait devant sa porte. Il paraît même qu'un plafond gorgé d'eau se serait effondré. »

À cet instant j'ai eu la certitude que ce jeune médecin était lui aussi tombé amoureux d'elle. Il m'avait fait venir pour voir ma tête. Il n'avait pas appelé l'ami de Sylvia mais un rival.

« Vous avez remarqué qu'elle était très jolie, lui ai-je répondu, ne parlons pas de son intelligence. J'imagine que vous avez beaucoup discuté. Personne ne peut rester indifférent face à Sylvia. Je ne connais aucune femme qui lui ressemble. C'est à vous de me dire qui elle est. C'est votre métier. »

Il me regardait en souriant. Ne laissant rien paraître de sa jalousie. Les psychiatres sont très forts pour cacher leurs sentiments.

« Personne ne peut dire qui elle est. Je me méfie beaucoup des étiquettes, surtout ici. Quand je vous aurai dit qu'elle présente une structure psychotique, que saurons-nous de plus ? Elle peut très bien nous quitter dans un mois et ne plus remettre de sa vie les pieds dans un établissement comme le nôtre. Elle peut aussi y revenir très bientôt. Intelligente et jolie, comme vous dites. Et quelle détresse... La première fois que je l'ai vue j'ai pensé à un soleil souffrant. Vous parlait-elle de sa famille ? D'elle-même ?

— Je crois qu'elle a rompu tout lien avec sa famille. Elle s'épuise à chercher un amour qu'elle n'a pas connu. Soleil souffrant... L'image est belle. Juste. »

Il approuvait de la tête. Les deux infirmières le dévoraient des yeux. Jeune, cultivé, des dents très saines.

« Je l'ai aperçue tout à l'heure dans le jardin, allez lui dire bonjour, ça lui fera le plus grand bien. Ne soyez pas étonné, elle est un peu ralentie, nous sommes obligés les premiers jours de lui donner quelques tranquillisants, son angoisse avait atteint un pic dangereux. »

Elle était assise sur un banc, un peu à l'écart, seule sous trois pins parasol. Elle portait un pantalon rouge qui lui allait très mal, il lui faisait des jambes maigres. Je me suis assis près d'elle.

Elle m'a regardé sans qu'aucune émotion ne trouble son visage. Je lui ai demandé si ça allait. Elle m'a répondu : « Comme en vacances.

— Qu'est-ce que tu fais toute la journée ?

— Je prends le soleil et je suce des sucettes. Je voulais t'appeler mais il y a toujours la queue à la cabine. Je ne sais pas qui ils appellent.

— Il paraît que tu as été mordue ?

— Mordue ?... J'ai failli être dévorée, tu veux dire. Un chien noir énorme. Je ne sais même pas d'où il sortait. Il est tombé sur moi comme un arbre. Il m'a déchiqueté le poignet, la jambe et le dos. » Elle s'est mise à rire. « Tu penses que je suis ici pour rien ? Ils me retapent, qu'est-ce que tu crois ?

— Tu sors bientôt ?

— Ça ne dépend pas de moi... Peut-être du préfet. Je ne sais pas ce qu'il pense de moi, le préfet... Trois repas par jour, j'aurais tort de me plaindre. »

Il n'y avait aucune agressivité dans sa voix, aucune tendresse. Une sincérité désarmante, incontrôlée... Les tranquillisants ?

Elle n'était ni maquillée ni bien coiffée. Je la trouvais aussi belle que le premier jour sur les rochers. Sans armure. Plus délicate qu'un jasmin.

Des silhouettes traversaient le jardin sans nous voir, plus difformes les unes que les autres. Je regardais le visage de Sylvia, si pur, et je pensais que son âme ressemblait à ces silhouettes grimaçantes et tordues. Laides.

Elle a mouillé l'un de ses doigts avec sa bouche et en a retiré une bague qu'elle m'a tendue.

« Qu'est-ce que c'est ?

— Le diamant que m'a donné mon père. Je voudrais que tu le gardes.

— Pourquoi moi ?

— C'est tout ce que je possède. Tu reviendras me voir ? Moi je ne t'abandonnerai jamais. »

Je me suis levé et je l'ai embrassée sur le front. Il était temps que je quitte ce jardin de souffrance. En montant dans ma voiture j'ai aperçu deux écureuils qui se poursuivaient dans les branches avec la rapidité du bonheur.

Je suis allé sur le port boire quelques verres. Les voiliers se balançaient sur un miroir de cuivre. On réfléchit mieux en regardant la mer. On est si petit que nos fautes ont beaucoup moins d'importance.

Vers onze heures du soir je suis parti. En traversant la place j'ai été presque surpris par la belle lumière orangée du *Petit Farci*, ses chaises et ses tables bleues, son comptoir de verre. La salle était vide. Depuis la fin de l'été je n'avais pas franchi cette porte. Dans cette salle, j'avais été heureux les pieds enflés. Je suis entré.

Des bruits de vaisselle venaient de la cuisine. Quelqu'un était en train de nettoyer. J'ai mis les Gipsy Kings et je suis passé derrière le comptoir. Les bacs à plonge étaient pleins de tasses et de verres sales, j'ai commencé à les ranger dans un panier en écoutant *Gitano Soy*.

En relevant la tête j'ai vu Tony debout près de la caisse. Il souriait les bras croisés. Il m'a dit :

« Je n'ai pas encore eu le temps de manger. Si tu veux je prépare des pâtes.

— Moi je n'ai pas mangé depuis deux mois.

— Alors je vais en faire une bassine. À la tomate ?

— Le moins possible ! »

Il est parti en riant.

Nous nous sommes installés à la table ronde, près du comptoir. Une vieille habitude. La table où je mettais des fleurs fraîches les jours de marché.

« J'ai déniché un bandol sublime, m'a-t-il dit, Château-de-Pibarnon. Pas donné mais les clients tombent à genoux. Je ne vends plus que ça. Il ne me manquait que ton avis... J'ai sonné vingt fois chez toi, téléphoné… Tu as fait le tour du monde ?

— Le tour de mon lit.

— Pourtant tu as une tête de saumon.

— Pourquoi de saumon ?

— Les saumons remontent les rivières pour s'accoupler et mourir. »

Il était de bonne humeur.

« Oublions ça. Tu sais, j'ai beaucoup voyagé dans mon lit. Je suis allé très loin là-haut sous mes tuiles.

— La souffrance t'a apporté quelque chose ?

— La souffrance ne rend pas bon, contrairement à ce qu'on pourrait croire. Les victimes d'hier deviennent souvent les monstres d'aujourd'hui. »

Tony a sifflé.

« Il est bon et il rend intelligent mon Pibarnon. Je vais en ouvrir une autre bouteille !

— Ça ronfle toujours aussi fort ici ?

— C'est désespérant ! La ville est déserte. On dirait qu'ils ont peur. Chaque soir c'est le couvre-feu. Quand j'ai fait quinze couverts, je cours contre les murs.

— Tu as gardé Sophie ?

— En t'attendant. Fais gaffe, elle plaît ! Joli cul, joli sourire, ils viennent beaucoup pour elle. Ce mois-ci je ne sais pas comment je pourrai la payer.

— Je vais partir quelque temps avant de m'y remettre. J'ai besoin de sortir du chaudron.

— Tu veux un peu d'argent ?

— C'est déjà difficile pour toi…

— Je gagne pas mal au rami en ce moment. Prends la recette de la semaine. Je n'ai pas changé de planque, la sacoche est sous la chaudière. »

Nous avons bavardé comme ça jusqu'à l'aube, avec la truffe de Mozart posée sur la table entre nous. Tony était heureux de m'avoir retrouvé, de partager un plat de pâtes après la fermeture, comme nous l'avions fait tant de fois. Il était un peu tôt pour parler des femmes et de l'amour. Malgré l'énorme pierre que j'avais sur le cœur, j'étais encore plus heureux que lui. Ce restaurant était ma seule famille.

Le lendemain je suis monté dans un bateau et j'ai laissé la houle s'occuper de ma fatigue. Je suis arrivé dans une ville, de l'autre côté de la mer. Le soleil levant en faisait une cité d'ivoire.

J'ai loué une petite chambre dans le premier hôtel du port. De la fenêtre je voyais des grues, des containers, des docks. La mer derrière la jetée.

Dans tous les ports du monde il était l'heure de commander un café, assis devant un guéridon de marbre ou debout au comptoir avec des oiseaux de nuit et des marins. L'heure de regarder les bateaux disparaître dans l'or et la brume. L'heure d'ouvrir un journal, de rentrer se coucher. L'heure de la confiance. L'heure d'avoir envie d'une paire de seins ou d'un croissant chaud. L'heure de monter dans son camion. L'heure de se cacher. Celle de naître ou d'abandonner. L'heure de s'asseoir dans un jardin public sous le vacarme des rossignols et le parfum des citronniers. L'heure de comprendre ou d'oublier. Comprendre ce que j'avais fait. Je venais de tuer une partie de ma vie.

J'ai tiré devant la fenêtre une petite table en bois et j'ai sorti de mon sac le cahier d'écolier et la photo de Sylvia. Je me suis assis face à la mer et j'ai commencé à écrire en la regardant dormir toute nue.

Comprendre par-delà son sommeil qui était vraiment cette femme. Rejoindre derrière ses paupières une telle lumière, une telle cruauté.

DU MÊME AUTEUR

Aux Éditions Denoël

LES CHEMINS NOIRS, 1988 (Folio n° 2361). Prix Populiste 1989

TENDRESSE DES LOUPS, 1990 (Folio n° 3109). Prix Mottart de l'Académie française 1990

LES NUITS D'ALICE, 1992 (Folio n° 2624). Prix spécial du jury du Levant 1992

LE VOLEUR D'INNOCENCE, 1994 (Folio n° 2828)

OÙ SE PERDENT LES HOMMES, 1996 (Folio n° 3354)

ELLE DANSE DANS LE NOIR, 1998 (Folio n° 3576). Prix Paul Léautaud 1998

ON NE S'ENDORT JAMAIS SEUL, 2000 (Folio n° 3652). Prix Antigone 2001

L'ÉTÉ, 2002 (Folio n° 4419)

LETTRE À MES TUEURS, 2004 (Folio Policier n° 428)

MAUDIT LE JOUR, 2006 (Folio n° 4810)

TU TOMBERAS AVEC LA NUIT, 2008 (Folio n° 4970). Prix Nice Baie des Anges 2008 et prix Montecristo 2009

Aux Éditions Gallimard

LA FIANCÉE DES CORBEAUX, 2011 (Folio n° 5476). Prix Jean Carrière 2011

SOUS LA VILLE ROUGE, 2013 (Folio n° 5852)

JE ME SOUVIENS DE TOUS VOS RÊVES, 2016 (Folio n° 6390). Grand Prix littéraire de Provence 2016

LES VIVANTS AU PRIX DES MORTS, 2017